최소의 발견

최소의 발견

이원 산문집

민음사

언어로는 조립되지 않는 마음

동생에게

심장을
유머러스하게
옮겨 보는 것

'순간주의자'로 산다. 책임을 모면하는 도구인 동시에 스스로를 지키는 보호색으로 쓰는 이 언어를 잃어버릴 때 나는 나를 완전히 놓치는 기분이다. 태생적인 겁 많음과 어린 날 대면한 죽음이 이 단어를 만들어 내게 한 것은 틀림없지만, 순간에만 또는 순간에는 존재한다는 이 감각은 내게 '최소의 발견'이라는 중심이 생겨나게 했다.

최소는 꼭 필요한 하나에 집중하기다. 꼭 필요한 것을 발견하겠다는 의지다. 그 하나를 위해 다른 것은 대부분 놓쳤다는 뜻이다. 가장 작은 것, 최소를 발견하기까지는 최대 속에서 헤매게 된다. 그러고 나면 최소를 발견하는 시선이 생긴다. 최소의 발견만 하겠다는 자발적 능동성이 생긴다. 이 동선을 겪으면 필요라는 실용적 단어를 동화적 단어로 바꾸는 힘이 생기며 최소로 최대를 지탱시키는 마법을 갖게 된다. 최소라는 점(點)이 들어 있어야 최대라는 풍경에 멈추게 된다는, 최대 속에는 이미 최소가 들어 있다는 비밀을 알아차리게 된다. 그러므로 최소는 처음 선택이자 마지막 선택이다. 모든 것을 다 버려도 포기 못하는 그 무엇, 그러니까 뛰는 심장이라는 뜻이다. 최소의 발견으로 버틸 수 있느냐고 묻는다면 뛰는 심장은 '살아 있다'의 확인이니 가능하다고 말하고 싶다.

스물다섯 살에 시인이 되었고 꼭 그 만큼의 시간이 또 흘렀다. 시를 쓰고 나서 산문도 쓰게 되었는데, 순간주의자인 내가 나도 모르게 시간을 헤아려 보게 된 것은 짧지 않은 시간 동안 쓴 산문이 여기 모였기 때문이다. 엄마 표현대로라면 여물지 못한, 나의 표현대로라면 흩는 성격 탓이기도 한데, 떠나온 곳은 뒤돌아보지 않는 억압을 갖고 있는 내가 처음으로 떠나온 곳들을 다시 걸어보았다. 오랫동안 암실의 현상액에 담가 두었던 풍경 한 장 한 장을 핀셋으로 집어 드는 기분. 이곳에 묶인 순간들은 지나왔지만 굳지 않아 여전히 살아 움직이는 곳. 길이 보이지는 않는 숲이지만 적어도 숲은 나타났으니 그것으로 나는 좋다.

“자신에 대해, 언어에 대해, 그림에 대해, 좋아하는 것에 대해, 좋아하는 사람들에 대해, 시를 쓰며 한 사람의 인생이 어떻게 바뀌어 가는지 조용하지만 극적인 인생의 굴곡을 읽는 것 같았다.” 이 원고를 여러 번 헤쳐 본 박혜진 에디터는 내게 이런 다섯 개의 숲길을 만들어 알려 주었다. 이것이 최소의 표지판이면 좋겠다. 내 경우에는 시와 달리 산문은 직접적으로 발화하게 된다. 둔갑술을 갖지 않으므로 내가 드러날 때가 많다. 산문은 인생을 기록하는 것이라는 생각이 든다. 그러니까 내가 하는 말을 내가 듣는 ‘생짜’가 있다. 부끄러움이 있지만 문득 만나게 된 어떤 숲을 걸어보듯 글을 읽어 주시면 좋겠다. 여러 시간이 함께 있는 곳이 숲이니까 느슨하게 걸어보다가, 간혹 멈춰 서서 이럴 수도 있겠구나, 살그머니 겹쳐지는 발자국이 생겨나면 좋겠다.

이곳에 모인 글들은 내게는 『산해경』에 나오는 ‘미곡(迷穀)’ 같은 것이다. “몸에 걸치면 길을 잃지 않는다는 미곡(迷穀)”처럼 길 잃을 때 꺼내보고 또 길을 잃는 용기를 가졌던 언어주머니이다. 몇 개만 불러 본다면 우선 ‘발견’과 ‘발명’이 있다. 발견은 미처 못 본 것이다. 자세히 보면 자꾸자꾸 볼 것이 생겨났다. 자꾸자꾸 신선한 것이 나타났다. 발견하고 나면 발명하고 싶어졌다. 발명은 지금까지 없던 것. 새로운 시도. 새로운 시도는 대담한 것이다. 지금까지 없던 것을 겨우 만들어 낼 때 희미하게 존재하는 내가 약간은 선명한 형태가 되어 간다고 느꼈다. '잃자'도 들어 있다. 잊자가 아니라 잃자다. 잊자고 생각한 것은 잊을 수 없는 것이었다. 그래서 어느 날부터 내 안에 놓아두는 잊자 대신 어딘가에서 스스로 잃어버림을 선택했다. 잃어버린 시간을 문득 마주치면 슬픔과 공포는 여전하지만 적어도 잊자의 방식으로 안이 뒤엉키지는 않는다. 안을 비좁게 만드는 쪽보다는 고독의 여백을 지키는 쪽을 선택한다는 것. 그럼에도 매일매일 짧지 않게 걷는 것은 계속 잃어버릴 것이 많기 때문이리라. 글쟁이로서는 '깨진 거울'도 중요하다. 나르시시즘을 갖지 않는 자리. 내가 들여다보는 거울이 깨져 있다고 생각해 왔는데, 최근에 깨진 것은 거울이 아니라 내 얼굴일 수도 있겠구나, 알아차리게 되었다. 그래서 나는 거울을 들여다보는 것을 그토록 어려워했구나, 이러면서 조금씩 조금씩 들여다보는 거울의 공간을 넓혀 보는 중. 이렇게 미곡은 늘어 가는 중.

시인이 되고 얼마 지나지 않아 하나뿐인 동생에게 '나는 고흐가 되어 볼 테니 너는 테오가 되어 줘'라는 엽서를 쓴 적이 있다. 나는 고흐라는 정서만 빌리는 무책임이었는데 동생은 내내 그 역할을 해 주었다. 두서없는 감정을 가라앉혀 주고 번번이 나를 직립으로 되돌려 놓는 존재가 있어 다시 걸었다. 동생을 향해 언어로는 조립되지 않는 마음을 놓는다.

그가 신입 에디터일 때 정오의 햇빛이 드리운 골목을 나란히 걸었다. 그날 그의 손에 이 원고들이 있었는데 의도치 않은 사연으로 여러 해를 지났다. 특유의 부드러움으로 일렁이며 한 권의 책을 나타나게 한 문학평론가이기도 한 박혜진 에디터께 각별한 고마움을 전한다.

의젓해지려고 애쓰는 이 순간에도 삶도 글도 여전히 어렵다는 고백을 하지 않을 수 없다. 하루를 구성하는 것도, 하루를 통과하는 것도 어렵다. 다만 고요한 시간에 나와 대화해 보면 나는 여전히 나무를 닮은 방식으로 성장하고 싶어 한다. 벽을 통과하는 것처럼 고통스러운 순간이 자주 있었으나, 그 경험으로 나는 삶을 사랑하게 되었다는 뜻이리라. 그리고 나무에 찾아오는 바람처럼 글이라는 움직임이 굳는 성질인 나를 아주 굳지는 않게 만들어 주었다는 것은 분명하다.

천진과 유머를 잃지 않으면 각자가 알맞은 형태로 살아갈 수 있다고 믿는다. 우리가 겪는 삶은 훼손을 통해 훼손될 수 없는 고유 영역이 내재함을 알려 주려 한다. 그러므로 천진과 유머를 잃어버릴 자격이 우리에게는 없다. 오늘도 햇빛이 알맞다. 알맞다는 '최소'의 적정함이 존재한다는 것. 그러므로 오늘은 심장을 유머러스하게 옮겨 보는 것. 인간이라는 생물이 사랑을 탄생시키는 최소의 방식.

2017년 11월

이원

차례

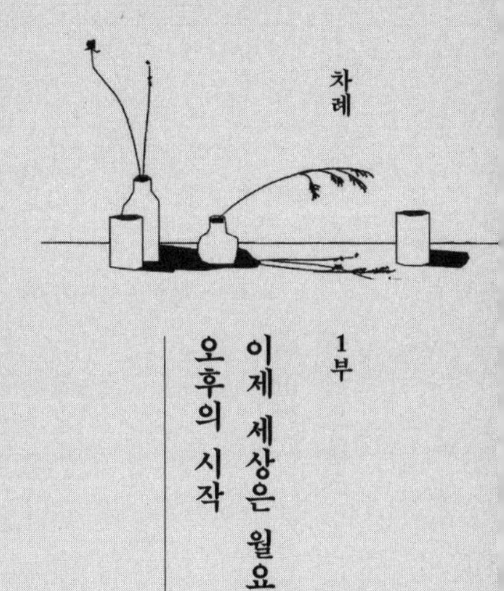

서문 7

1부 이제 세상은 월요일, 오후의 시작

오동나무 18
포로교환 21
마네킹 23
한 마리의 양 25
묵언 27
아리조나 카우보이 29
시를 쓰면 비명도 날개가 된다 31
악의 꽃 36
나는 거리에서 산다 41

2부 맥박과 커서

순간 48
용접 50
속도 52
근원 54
시인의 손은 늘 어리둥절해야 한다 57
닿으면, 꽃 65
모니터를 새〔鳥〕로 만드는 방법 69
이미지와 놀다 77
오토바이, 모터사이클, 바이크 83
2095년 래퍼 구보 씨의 일일 87
'그 꽃의 끝을 본다는 것' 97

3부

세잔의 방식으로

본다 104
'사과'의 탄생 106
생각하지 않고 먼저 본다 107
쓰지 않고 먼저 그린다 110
언어를 지우지 않고 여백을 지운다 112
세잔의 손 114
나는 부재한다 고로 나는 존재한다 117
방에 앉아 방을 궁금해하다 132
피 묻힌 손은 보여 주지 않는다 146

4부

기계가 좋다 무당이 좋다

지하철역 158
노란집 160
산 것/살아 있지 않은 것 162
콩알만 하게/뜨겁게 만져지는 것 164
언덕 166
춘수 선생의 '꽃' 168
돌 169
최소주의 170
기계-무당 (1) 172
기계-무당 (2) 174

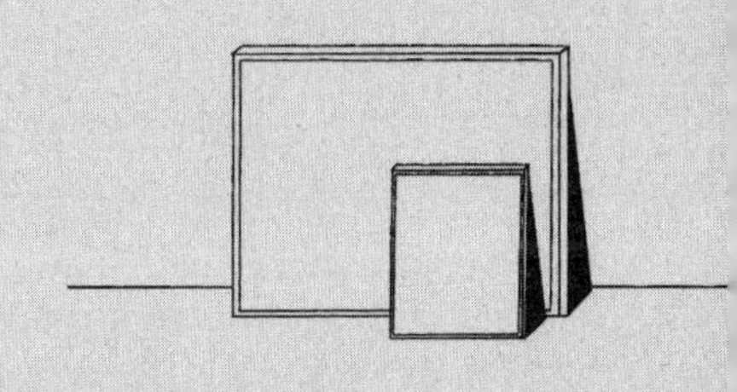

5부

격렬한 내부를 가진

오갈피나무와 부용과
코끼리와 앵두밭과—김춘수 188

김혜순 시/인을 구성하는
23개 또는 2023개의 거울 193

안상수 날개 사전 208

김행숙으로부터 김행숙으로까지 217

'복자수도원'의 그이,
'언니 하나님' 되다—이진명 225

절벽을 더 높이 세우는 일에 몰두하는,
'두루미-천남성' 인간—조용미 238

사막에서 강영숙을 만나다 250

하드보일드-수도승—김경욱 257

이만하면 괜찮다, 시 하는 일—김사인 260

친구들이 가는 방향의 어딘가에서
—세 편의 축사 264

네 개의 몸 또는 네 개의 이미지—오규원 275

비명이 삶을
일으켜 세워 준다는 것도,
비명이 날개가 된다는 것도
알게 되었다.
그래, 나는 이제 삶이 그리
비장하지 않은 것임을 안다.

'나'라는
느낌

1부

이제 세상은 월요일,
오후의 시작

오동나무

초등학교 내내 석천(石川)이라는 지명을 가진 곳에 살았다. 물이 많았는지는 모르겠지만 돌은 확실히 많았다. 흔히 돌산이라고 부르던 산을 지나야 학교로 갈 수 있었다. 자주 돌산에 가서, 살살 긁어내면 부서져 내리던 돌가루를 곤충 채집 통에 담아 오곤 했다. 숨어 있던 여러 빛깔을 보는 것이 좋았다.

집은 산 밑에 있었다. 울타리가 낮아서 집 안에서는 집 밖이 다 보였다. 마루에 앉으면 집 앞으로 몇 갈래의 길들이 보였지만, 또 다른 산속으로 사라지는 그런 길들이었다. 집 뒤는 나지막한 산이었다. 바람이 불면 산의 나무들이 짐승처럼 울어 댔다. 나무들의 그런 소리를 들을 때면 두려움과 흥분이 함께 생겼다.

초등학교 몇 학년 때였는지는 기억나지 않지만, 아버지

가 어느 날 대문 밖에 오동나무 세 그루를 심었다. 한곳에 나란히 심은 것이 아니라 거리를 두고, 울타리의 왼쪽 끝에 한 그루, 대문 앞쪽에 한 그루, 오른쪽 끝에 한 그루를 심었다. 그리고 우리 삼 남매에게 각각의 나무를 정해 주며 잘 키워 보라고 했다. 아버지는 오동나무들도 우리와 함께 자랄 것이라고 했다. 솔숲으로 난 길의 시작에 심어진 것이 왼쪽의 오동나무였다. 대문 앞에 심어진 가운데 나무는 약간 경사진 길을 오르면 있었다. 대문에서 왼쪽으로 살짝 비껴 심어, 대문을 가리지는 않았다. 오른쪽에 심어진 나무 옆은 길이 아니라 밭이었고 밭 너머 산에는 커다란 무덤이 하나 있었다.

아버지 말대로 세 그루의 오동나무는 잘 자랐다. 우리 삼 남매보다 훨씬 빠른 속도로 자랐다. 우리는 아버지의 말대로 자기 나무에 물도 주고 서로의 나무에 가서 키도 재 보고 어쩌다 떨어진 커다란 잎사귀로 얼굴을 가리고 마당에서 맴을 돌기도 했다. 어둑어둑해진 마루에 앉아 있으면 오동나무 잎사귀들이 서걱거리는 소리가 들렸다. 오동나무 잎사귀들이 길과 하늘을 가리기도 했고 어둠과 분간되지 않던 잎사귀 사이로 술에 취한 아버지가 손에 과일 봉지를 들고 나타나기도 했다. 아버지에게는 늘 찬바람이 묻어 있었다.

언제인지는 모르지만, 나는 아버지가 정해 준 내 나무가 어떤 것이었는지를 잊어버렸다. 아마 중학교 1학년 겨울, 느닷없이 석천을 떠나면서였던 것 같다. 그때는 스스로에게 잊었다고 다짐했고 그리고 여러 해가 지난 어느 날 보니 진짜 잊어버렸다. 서울로 오던 그날 석천에서 조암의 터미널로 가는 버스 안에서 친했던 같은 반 아이를 만났다. 그 애에게도 떠난다는 말을 하지 못했다. 터미널에 붙어 있던 중국집에서 엄마와 짜장면을 먹고 그길로 서울로 올라오는 버스를 탔다. 집의 뒷산에 올라가 보던 저녁 해도, 노을이 점점이 떨어지던 서해 염전도, 서해 바다도, 돌산도 다 두고 왔다. 마당의 오른쪽 화단에서 꽃보다 먼저 피고 꽃보다 나중에 지던 라일락 향기도, 아버지도, 오빠도, 아버지가 듣던 「아리조나 카우보이」도, 그리고 아버지가 우리 삼 남매를 위해 심어 주었던 오동나무도, 오동나무 안에서 풀려나오던 어둠도, 바람도 다 두고 왔다. 서울로 오는 동안 단 한 번도 뒤돌아보지 않았다.

포로교환

서울에 올라와 처음 산 곳은 외삼촌 집이 있던 구로동이다. 엄마는 의지할 피붙이가 필요했다. 그때의 구로동은 완벽한 변두리였다. 114번 버스 종점 뒤에 서 있던 고층 아파트와 종점 앞에 빽빽하게 들어서 있던 노점상들은 극명한 대조를 이루었다. 그 극명한 대조 속에서 나는 현실에서 발을 떼는 방법을 생각해 냈다. 그 비겁한 방법을 택한 이후로 시를 쓰기 전까지 땅은 쳐다보지 않았다. 중학교 때는 썩어 가는 사과 사진을 찍으며 혼자 신기해했고, 고등학교 때는 학교에서 돌아와 놀이터에서 한동안 하늘 사진만 찍었으며, 콘서트와 연극을 보러 다녔다.

관객이 나 혼자인 연극도 있었다. 홍대 산울림 소극장에서 하던 「포로교환」이었다. 공연이 끝나고 보니 나 말고 객석에 앉아 있던 다른 한 명은 연출가였다. 남자 배우 둘만 나오는 연극으로, 남한 군인과 북한 군인이 무대 가운데 있던 책상을 넘어가면 포로로 역할이 바뀌는 그런 내용이었던 것 같다. 내용을 제대로 이해하지는 못했지만, 철밥통 하나만 달랑 들고 책상을 넘어가면, 존재가, 이데올로기가 바뀐다는 것에 충격을 받았다. 두 배우는 공연이 끝난 뒤 내게 이름을 물어봤다. 얼마 후 「관객모독」이라는 연극을 보러 갔더니 그때 배우 중 한 사람이 나를 알아봤다. 나는 물세례 대신 장미꽃을 받았다.

서울에 올라온 이후로 계속 변두리에서 변두리로 이사를 다녔고, 그와 상관없이 땅에서 떠오른 내 발은 허공을 부유했고, 허공에서 발이 멈칫할 때마다 뜬금없이 「포로교환」이 떠올랐다. 고등학교 때 처음 나온 컵라면이 재수할 때쯤에는 여러 종류로 다양해졌고 나는 하루에 여러 종류의 컵라면을 바꿔 먹으며 신설동에 있는 입시 학원에 1년간 다녔다. 동대문과 가까운 곳이었지만 그곳 역시 변두리 정서로 가득 찬 곳이었다. 전통의 라사라 복장학원 건물과 새로 지어진 위압적인 느낌을 주는 신설동 전화국이 가까운 곳에 있었다. 그 건물들을 볼 때마다 뜬금없이 또 「포로교환」이 생각났다.

마네킹

남산 시절의 서울예대를 다녔다. 예대를 다니던 내내 지금은 롯데 영플라자로 바뀐 명동 미도파 앞에서 버스를 타고 내렸다. 자주 준비되지 않은 시간의 명동과 마주쳤다. 아침 9시 전후에 지하도를 건너 명동을 가로질러 남산의 학교까지 걸어갔다. 겹겹의 골목마다 아직 철제 셔터가 내려져 있는 쇼윈도 안에는 마네킹들이 가득했다. 다른 옷을 입고 있어도 마네킹들의 얼굴은 하나같이 무표정했다. 나는 마네킹들과 만나는 인적 드문 이 시간이 좋았다.

예대를 다니기 시작하고 얼마 되지 않아 이 시간은 나에게 아주 중요한 일정이 되었다. 느릿느릿 걷다 정면으로 얼굴을 마주친 마네킹과 셔터를 사이에 두고 한참을 쳐다보았다. 그러면 세상은 조금 더 내게 막막해도 괜찮고, 내가 상처라고 느끼는 것들은 조금 더 덧나도 괜찮고, 집은 여전히 따뜻하다고 느끼지 않아도 괜찮을 것 같았다. 마네킹을 들여다보고 있으면 과장되지 않은 생의 시간이 내게 다가오는 것 같았다.

사람들로 북적거리는 한낮의 명동이 싫었다. 어쩌다 밥을 먹거나 옷을 사러 명동으로 들어가는 날이면 박탈감을 느끼곤 했다. 저녁 9시쯤 되면 명동은 다시 텅 비었다. 커다란 검은 쓰레기봉지들이 명동의 여기저기에 웅크리고 있을 즈음 남산을 내려와 다시 명동을 걸어 내려갔다. 마네킹들은 그때에도 셔터 속에 있었고 아침과 다른 점은 어둠이 마네킹들의 배경이 되어 있었다는 것. 마네킹과 함께 있는 어둠은 흥건하지도, 흘러넘치지도 않았다. 어둠은 마네킹들의 얼굴 표정과 닮아 있었고 나는 어둠을 베일처럼 드리운 마네킹들과도 만났다.

그 시절 나는 마네킹들에게서 많은 위로를 받았던 것 같다. 어쩌면 그 표정 없는, 아니 표정을 안으로 감춘 마네킹들이 그 시절의 내 모습 같아서 그랬는지도 모른다. 또는 과장하지 않는 그들의 얼굴이 생의 진실에 가까울 수도 있다고 생각했는지도 모른다. 예대를 졸업하고 나서는 그 시간에 명동을 가는 일이 드물었다. 그러나 지금도 낯선 시간에 마네킹을 만나면 어디에서든 어김없이 걸음을 멈춘다.

한 마리의 양

서울예대를 졸업하던 해 프린스 호텔의 한 홀에서 사은회가 열렸다. 남자들은 양복을 입었고 여자들은 한복을 입었다. 선생님들은 앞의 좌석에 나란히 앉았다. 그날 메뉴는 쇠고기 스테이크였는데 피가 흥건했다. 사회를 보던 친구가 한 사람씩 돌아가며 자유롭게 소감을 말하라고 했다. 모두들 어색해했지만 창가 쪽에서부터 얘기가 시작되었다.

아무 생각도 나지 않았는데 내 차례가 되었다. 나는 "한 마리의 양을 얻기 위해 아흔아홉 마리의 양을 포기할 수 있어야 한다고 했다. 나는 그 한 마리의 양을 얻고 싶다."고 말했다. 그 순간 왜 오규원 선생님의 산문집에서 읽은 그 구절이 떠올랐는지, 그리고 하필 그 얘기가 입 밖으로 나왔는지는 알 수 없었다. 덜컥 그 말을 해 놓고 얼굴이 시뻘게진 채로, '제

법 멋진 말이었다. 그래 나는 한 마리의 양을 위해서는 아흔 아홉 마리의 양쯤은 얼마든지 포기할 수 있다'고 생각했고, 그 날 입 밖으로 내는 방식을 통해, 스스로에게 걸었던 마법의 주문은 꽤 오래 날 지탱시켜 주었다(아니 지금도 그러하다.) 사회적 성장이나 책임이 내 앞에 들이닥칠 때는 번번이 한 마리의 양을 얻기 위해 포기하는 것이지 그것을 회피하는 것은 아니라는 식으로, 상당 부분 직무 유기했음을 고백하지 않을 수 없다. 그때는 한 마리의 양을 갖는다는 것의 매혹만으로 부풀었지 아흔아홉 마리의 양을 포기하는 고통은 생각지도 못했다. 아니 한 마리의 양을 갖는다는 것은 그 양의 어둠과 울음까지도 나 혼자 갖게 된다는 것은 알지도 못했다. 그러나 다행이다. 나는 한 마리의 양을 갖게 되었고 그 양의 어둠과 울음을 보듬을 손은 되었으니까.

묵언

나는 내가 하는 말을 믿지 않는다. 하는 순간 말은 자기 증식을 하는 괴물 같다. 말을 많이 한 날이면 많이 한 말 때문에 며칠 아프다. 나는 만나서 한 말보다는 주고받은 문자메시지나 메일이나 편지를 믿는다. 입은 음식을 삼키라고 있는 것이라는 경구를 자주 떠올린다. 몸 밖으로 내지를 수 있는 비명은 별것 아니며, 한번 몸 밖으로 나간 비명은 내 것이 아니라고 생각한다. 내 몸의 화두는 묵언이지만, 몸은 늘 묵언의 금기를 벗어나려고 한다.

청화 스님에 대한 프로그램을 본 적이 있다. 스님은 생전에 55년간 장좌불와했고 하루 한 끼만으로 토굴에서 묵언 수행을 했다. 나중에는 몸무게가 30킬로그램 정도밖에 나가지 않았다는 청화 스님은 몸이 아프다고 하면 세 가지 이유밖에 없다고 했다. 적게 먹지 않았거나, 적게 자지 않았거나, 딴생각을 했거나가 바로 그것이다. 몸과 정신이 부실한 나는 자주 아픈 편인데, 그날 이후 자주 이 세 가지 이유를 놓고 나를 들여다본다. 내게는 큰스님으로서의 청화 스님이 아니라, 자신의 몸 밖에다, 그 어떤 여분의 땅도 놓아두지 않았던 한 인간의 삶이 먼저 보인다. 여분의 땅을 거두고 좀 더 가파른 곳에 내 몸을 앉힐 수 있을까……. 내가 내내 청화 스님을 떠올리는 까닭이다.

잊을 수 없는 노스님의 등을 만난 것은 서귀포 바다가 한눈에 보이는 약천사에서였다. 무심코 대웅전 앞을 지나가던 나는 독경을 외는 젊은 스님 옆에서 막 절을 하기 시작하는 노스님을 보게 되었다. 좀 더 정확히 얘기하면 거동이 불편해 보이는 노스님의 등을 보게 되었다. 내가 만난 노스님의 그 등은, 자신의 생애를 한곳에 쏟은 존재만이 가질 수 있는 삶의 화석이며, 모든 번민을 관통한 후 남은 고요였다. 그러나 내가 그 등에서 내내 눈을 뗄 수 없었던 것은, 그 등이, 번민을 지난 고요한 등이어서가 아니라, 하나를 참구한 자만이 가질 수 있는 등이었기 때문이다. 저런 등 하나를 가질 수 있을까라는 반문을, 지금은 나도 저런 등 하나를 갖고 싶다는 갈망으로 바꾸어 가고 있다.

아리조나 카우보이

어렸을 때, 아버지는 마루의 전축에 LP판을 걸고 자주 음악을 들었다. 그중에서도 유독 기억나는 노래는 「아리조나 카우보이」다. 지금도 몸이 정신이 막막할 때는 나도 모르게 그 노래를 웅얼거린다. "……황야를 달려가는 아리조나 카우보이/ 말채찍을 말아 들고 역마차는 달려간다/ 저 너머 인디언의 북소리 들려오면/ 고개 넘어 주막집의 아가씨가 그리워/ 달려라 역마야 아리조나 카우보이……." 마루에 누워 뜻도 모르는 그 노래를 따라 하다 보면 옆에서 그 노래를 신명 나게 부르던 아버지도 사라지고 가족도 사라지고 나도 사라지고 길도 사라지고 불어오는 모래바람 속으로 검은 전축의 바늘이 살짝 긁히며 돌아가는 소리와 괘종시계의 똑딱거리는 소리만 말의 발굽처럼 남았다. 길은 사라졌는데 계속 말은 달려

가는 그 스릴이 좋았다.

내 몸은 정신이 맑을 때는 죽음에 대한 공포로, 정신이 흐릴 때는 삶에 대한 공포로 가득 찬다. 정신이 맑을 때가 더 힘들다. 그러나 정신이 맑을 때가 더 좋다. 정신이 흐릴 때의 내 몸은, 생의 시간을 탕진하지도 못하며 가는 삶이다. 그러나 내 몸에서는 이미 생의 시간을 탕진하며 가는 아리조나 카우보이가 달리고 있지 않은가.

사진 작가 로버트 프랭크가 직접 쓴 연보를 읽다 운 적이 있다. 그의 사진과 마찬가지로, 아무 과장도 수식도 없이 그의 손은 계속해서 가족과 친구를 잃어 가는 시간 속에서도 이렇게 썼다. "그래도 인생은 계속되었다." 그 문장 앞에는 몇 개의 말줄임표가 있을 뿐이었다. 그리고 그는 자신의 연보의 마지막을 이렇게 쓰고 있다. "나는 솔직해지려고 애쓰고 있다. 때로 그것은 너무도 슬픈 일이다. 이제 세상은 월요일. 오후의 시작. 준은 대장간을 만들고 있는 중이다. 쇠는 언제나 불에 달궈진 상태로 간직해야 한다. 내 형제여……."

시를 쓰면
비명도 날개가 된다

초등학교 5학년 가을 오빠가 죽고 중학교 1학년 겨울 아버지가 죽었다. 오빠가 죽었을 때는 바랜 가을 햇빛이 가득했고 아버지가 죽었을 때는 희디흰 폭설이 가득했다. 그때 반짝이는 것은 햇빛이거나 눈이었고 나도 그들의 죽음 밖에 있었으므로 반짝였다. 오빠가 죽고 나서 아버지는 심하게 우울해했고 술을 많이 마셨다. 크면서 아버지가 없는 것이 늘 불편했다.(슬펐다기보다는 불편했다.) 아버지가 있는 것처럼 말한 적도 있었다. 그때마다 죽은 아버지가 정말로 살아 돌아올 것 같았다. 집 안으로 들어가면, 어느 순간 갑자기 사라져 버렸던 것처럼, 다시 아버지가 돌아와 있을 것 같아서 집 밖에서 서성거렸다. 그러면서 집 밖으로 난 길로 들어서지도, 문을 열고 집 안으로 들어가지도 못하고 집 밖과 집 안의 가파른 경계에서 왔다 갔다만 했다. 꿈에 날이 새도록 한 이불을 덮고 밤새 글짓기를 가르치던 초등학교 6학년 때의 아버지가 다시 찾아오기도 했다. 꿈속에서도 나는 졸면서도 아버지의 말을 알아들었다는 듯이 고개를 끄덕이고 있었다. 내 발과 아버지의 발이 닿자 차가웠다. 누구의 발이 차가웠는지는 알 수 없었고 꿈에 찾아온 아버지는 생시보다 덜 낯설었다.

아버지가 죽은 것은 말했지만 오빠가 죽은 것은 아무에게도 말하지 않았다. 내게 그런 피붙이는 처음부터 없었던 것이라고 자주 생각했다. 그러고 나니 정말 그렇게 믿어지기도 했다. 재수할 때 친구 엄마를 따라 점쟁이에게 갔는데 형제 중에 먼저 죽은 사람 있지, 라는 점쟁이의 도식적인 한마디에 지레 놀라 내가 먼저 훼손되어 버린 가족사를 다 얘기해 버렸다. 즉각적으로 심장판막증을 앓던 오빠가 내 몸속에서 다시 부활했다. 오빠의 입술은 여전히 새파랬다. 그날 돌아오는 길에 조심스럽지만 낭패감이 뒤덮인 얼굴로 정말이니, 하고 묻던 친구 얼굴이 아직도 잊히지 않는다.

서울예대 2학년 때 기형도의 「위험한 가계·1969」를 읽고 숨겨둔 가족사를 「소곡」이라는 제목의 시로 썼고 수업 시간에 합평도 했다. 다른 것이 아닌 바로 그것을 쓰지 않으면 계속 시를 쓸 수 없을 것 같았다. 한 번도 정면으로 쳐다본 적이 없는 그 죽음들을 통과하지 않으면 시는 내게 제 속으로 들어가는 것을 허락하지 않을 것 같았다. 신기하게도 용기가 생겨났고 그 시를 쓰고 나서 그 누구에게서도 받지 못했던 위로를 받았다. 두 개의 무덤이 들어와 있는 내 몸도 환해질 수 있다는 것을, 상처는 어두운 것만이 아니라 반짝이기도 한다는 것을, 어둠과 햇빛은 한 몸이라는 것을 그때 처음 알았다. 여전히 안과 밖의 어느 곳으로도 들어서지 못하는 경계에 있었지만, 불안을 겹겹으로 껴입고서도 자꾸 시가 쓰고 싶어졌다.

시를 쓰면, 내가 세상의 어딘가와 닿고 있다는 느낌이 좋았다. 어려서부터 내게는 늘 세상이 낯설었다. 내가 바라보고 있는 창 밖이 낯선 것이 아니라 내 두 다리로 딛고 서 있는 창 안이 낯설었다. 잘 모르는 사람보다는 바로 옆 사람이 더 낯설었다. 세상에 대한 이러한 느낌은 죽음을 겪기 전부터 시작된, 태생적 불안이라고밖에 말할 수 없다. 나는 내가 사람들이 북적대는 세상 속으로 몸을 쑥 집어넣지 못하리라는 것을 어려서부터 직감했던 것 같다. 뒤뜰의 햇빛 속에 쪼그리고 앉아 깨진 유리병 조각을 한없이 들여다보던, 방에 웅크리고 앉아 퍼담아 온 색색의 흙을 한없이 들여다보던 그 시간들부터. 그리고 두 번의 죽음을 경험하면서 그 사실을 더 명확하게 깨닫게 된 것 같다. 그런데, 그런 내가, 시를 쓸 때만은 세상에 닿고 있다고 느껴졌다. 아니, 분명 내 몸은 세상과 만나고 있었다. 그렇다, 시 쓰는 순간의 나는, 살고 있었다!

자라면서 내가 꾸며 댔던 거짓말처럼 어느 날 나는 시 쓰는 사람이 되었다. 시 쓰는 사람이 되어 여러 번 아버지의 죽음을 말했고 오빠의 죽음을 밝힌 연보도 썼다. 「소곡」을 썼던 그 순간과 똑같은 심정이었다. 그런데 내 몸 밖으로 꺼낸 아버지와 오빠의 죽음은 박제되었고 패턴이 되었고 그것을 말하는 나는 점점 아프지도 않았다. 나는 오빠와 아버지의 죽음의 무덤인 내 몸을 싫어했지만 죽음이 사라진 텅 빈 몸은 더 싫었다. 나는 아버지와 오빠의 죽음을 살리기 위해 내 몸속에 다시 넣었다. 내 몸에서 사라지지마, 말 안 할게.

유목민은 스스로를 유목민이라고 부르지 않는다. 그들의 몸에는 유목의 대척점인 정주의 흔적이 없는 까닭이다. 한곳의 집과 뿌리를 가졌던 자만이, 그러나 어느 날 그것에 온몸이 통째로 타 본 자만이, 그리고 흉터가 뒤덮인 그 몸으로 세상을 떠돌게 된 자만이, 유목민이라는 말을 새로운 유전자로 갖는다. 나는 시를 쓰는 사람이 되고 나서도 낮에는 햇빛이 낯설고 밤에는 불빛이 낯설다. 아니 점점 더 낯설어진다. 어느 곳에도 온전하게 속하지 못하는 나는 이제 부재만이 나의 유일한 존재 방식이라는 것을 안다. 느닷없이 죽음과 함께 살게 된 어렸을 때보다 지금의 몸이 더 많은 비명으로 꽉 차 있다는 것을 안다. 그러나 나는 이제 뿌리를 갈망한 적이 있었다고, 그러나 그것을 가질 수 없는 존재가 나라는 것을 알게 되었다고 담담하게 얘기할 수 있게 되었다.

나는 삶과 싸워 이겨야 하는 것이 아니라 서로 한없이 달래고 쓰다듬어야 한다는 것도 알게 되었다. 그리고 누구나 그렇듯이 비명 지르고 싶은 시간들이 내게도 있지만 바로 그 순간 비명을 몸 안으로 넣고 밖으로 꺼내지 않으면 비명이 삶을 일으켜 세워 준다는 것도, 비명이 내 날개가 된다는 것도 알게 되었다. 그래, 나는 이제 삶이 그리 비장하지 않은 것임을 안다. 시가 내게 그것을 가르쳐 주었다.

악의 꽃

아직도, 아니 지금도 '명동'이라는 이정표를 매단 버스를 보면 거두절미하고 그 버스를 타고 싶다. 이른 아침이나 늦은 밤에는 더욱 그렇다. 온몸이 고아처럼 막막할 때는 더욱 그렇다. 명동 가는 버스를 타면 은하철도 999를 타고 가는 철이처럼, 곧 '그 무엇'을 찾을 수 있을 것 같다.

'명동'이라는 이정표는 내게 '서울예전'과 동의이어이며(나는 서울예대로 불리기 전인 서울예전 시절에 학교를 다녔다.), '예전'이라는 이정표는 내게 '엄마'와 동의이어이다. 차마 입 밖으로 크게 소리 내어 부르지는 못하고 그림자에 대고 조그맣게 중얼거려 보는 엄마라는 단어와 동의이어이다. '엄마'라는 말에서는 피 맛이 느껴지며, 울음이 새어 나오며, 밥 냄새가 난다. 그리고 '엄마'라는 말에서는 질긴 탯줄 하나가 딸려 나온다. 그러므로 '명동'이라는 말에서도 피 맛과 울음과 밥 냄새가 난다. '명동'이라는 말에서도 질긴 탯줄 하나가 어김없이 딸려 나온다.

스무 살 아직 봄이 오지 않은 이른 아침 나는 버스에서 내렸다. 명동 미도파 백화점 앞이었다. 지하도를 건너고 쇼윈도가 빽빽한 골목을 지나고 다시 지하도를 건넜다. 가파른 골목길을 올라 횡단보도를 건넜다. 명동이라는 길 끝에, 명동이라는 탯줄 끝에, 예전이 있었다. 낮은 건물들 사이에 시멘트로 포장된 작은 마당(?)이 있었다. 사방의 건물 뒤로 가면 숲과 나무가 있으리라 생각했다. 거기에서부터 교정이 시작되리라 생각했다. 천천히 건물들 뒤로 돌아갔다. 그러나 끝내 나무 한 그루 찾지 못했다. 좁은 계단과 그늘진 자그마한 공터가 얼룩처럼 스며 있을 뿐이었다. 그러나 멀지 않은 곳에서 나무의 몸으로 흔들리고 있는 바람 소리가 들려왔다. 분명 이곳의 어딘가에서부터 숲이 시작되고 있다, 나는 그렇게 생각했다.

2년 동안 명동 미도파 앞에서 밤 버스를 탔고, 아침 버스에서 내렸다. 이른 아침의 명동은 늘 고요했다. 오래 울고 난 뒤의 몸 같은, 도시 한복판의 그 고요함이란, 아주 낯설고 그러나 매혹적인 것이었다. 미도파와 롯데 사이의 지하도를 건너면 사방으로 골목이 가득했다. 아직 물기가 걷히지 않은 햇빛이 깔린 좁은 골목의 양쪽으로 계속해서 쇼윈도가 이어졌다. 스테인리스 육개장 그릇과 옷을 입지 않은 마네킹이 마주 서 있었다. 나는 중국식 물만둣집 옆에 있는 서점 앞에서 자주 서성거리곤 했다. 아마도 명동의 상점 중 가장 먼저 문을 열었을 그 서점에서 막 진열을 시작하는 문예지를 사기도 했다. 나는 2년 동안 그 전날과는 다른 코스로 명동의 미로형 골목을 다녔다. 그러나 골목을 빠져나오면 길의 끝에는 어김없이 예전이 있었다.

밤이 되면 다시 가파른 골목을 내려와 퍼시픽 호텔 앞에 있는 지하도를 건넜다. 사람들이 사라진 명동의 곳곳에는 커다란 쓰레기 봉지들이 즐비했다. 나는 인기척 같은 검은 쓰레기 봉지 옆에서 불 꺼진 쇼윈도 안의 마네킹들을 오래 들여다보았다. 이미 생의 먼 곳까지 갔다 온 듯한 얼굴과 포즈를 한참씩 들여다보았다. 가끔 썩지 않는 얼굴 안에 들어 있는 부처도 보았다. 조금 더 가까이 다가가면 이번에는 예수가 들어 있었다. 내가 그때 밤의 쇼윈도에서 만난 것은 부활의 예수가 아니라 서른세 살에 요절한 예수였다. 보리수 아래 앉기 전 오랫동안 자신의 생이 놓였던 자리에서 번뇌하는 부처였다.

예전에서 보면 길은 남산으로 오르는 쪽과 명동으로 내려가는 쪽, 이 둘로 나누어졌다. 남산으로 오르면 꽃과 나무와 새가 있었다. 명동으로 내려가면 쇼윈도와 마네킹과 저잣거리가 있었다. 나는 명동이 좋았다. 예전에 들어가기 전에 나는 늘 불안했다. 자주 몸과 그림자가 추웠다. 공포 때문에 주눅이 들어 있었다. 미도파에서 걷기 시작해 예전에 도착했을 때 그 안에는 나와 비슷한 냄새를 가진 몸들이 가득했다. 악의 꽃을 들고 다니는 몸들이 있었다. 「지저스 크라이스트 슈퍼스타」를 부르는 몸들이 있었다. 그들은 서른세 살에 요절한 예수나 신경증과 권태에 시달리는 보들레르에게로 몸이 열려 있었다. 나는 그날 그 몸들 사이에 섞여 있으면서, 먹으면 모든 슬픔을 잊게 된다는 로터스 나무의 열매를 삼켰던 게 틀림없다. 내 생의 시간 어디에서도 그렇게 자유로웠던 적은 없었으니까. 나는 바람이 가까운 곳에서 불어오고 있다고 확신했다. 로터스 섬의 병사들처럼 많이 꿈꾸고 그보다 더 많이 절망했다. 그곳은 내게 별의 이동을 볼 수 있는 유목민의 게르였고 다시 찾은 엄마의 탯줄이었다. 복잡해지는 손금처럼, 내 얼굴에도 그런 것들이 생겨나고 있었다.

이제 나는 보들레르의 악의 꽃이 얼마나 무서운 것인가를 그때보다는 조금 더 알게 되었다. 한 송이 악의 꽃이 피는 벼랑의 순간을 보기 위해서는 온몸을 내놓아야 한다는 것을 그때보다는 조금 더 알게 되었다. 백남준의 모니터 하나나 글렌 굴드의 피아노 건반 하나나 베이컨의 머리 하나를 얻기 위해서는, 고독이라는 북극 속에, 사막 속에 온몸을 파묻어야 한다는 것도 그때보다는 조금 더 알게 되었다. 그리고 15년 전 예전에서 내가 먹었던 로터스 열매가 다름 아닌 악의 꽃이었다는 것도 이제야 알게 되었다. 그때 나는 악의 꽃에서 풍겨 나오던 향기만을, 그 배반의 통쾌함만을 킁킁거렸다는 것도 알게 되었다.

그러나 나는 지금도 여전히 명동 가는 버스만 보면 무조건 타고 싶다. 내가 그곳에서 그 향기를 맡지 않았다면 목 잘린 머리 하나를 얻는다는 것이 내 몸을 통째로 내어주는 것임을, 그리고 삶은 다른 곳에 있는 것이 아니라 그 텅 빈 몸의 자리가 곧 내 삶이라는 것을 알지 못했을 테니까. 나는 예전에서 내 영혼을 팔았다. 내 영혼은 거기에서부터 가동된다. 내게 있어 명동은 예전으로 통하는 보리수 길이다. 그러므로 모든 버스는 명동으로 간다.

나는
거리에서 산다

우리 인간에게 뿌리가 있었던 적이 있는가

사실대로 말하자. 인간에게는 애초부터 뿌리란 없었다. 사실을 사실대로 말하기가 그렇게 어려운가. 그러나 사실은 사실일 뿐이다. 인간인 우리가 갖고 싶어 하는 뿌리라는 것은 욕망의 표현에 지나지 않는다. 그것은 우리가 욕망하는 많은 것 가운데 하나이다.

그러나, 그 사실을 사람들은 그렇게도 두려워한다. 왜냐하면 뿌리가 없다는 사실을, 뿌리가 없이 살아야 한다는 사실을, 죽을 때까지 두 다리로 지상에서 걸어 다니며 살아야 한다는 사실을 견딜 수가 없기 때문이다. 그러나, 다시 말하지만, 사실은 사실이다.

나는 여기에서부터 출발한다. 그러니까 어떤 사람이 전

통적인 의미에서의 뿌리에 관한 욕망 속에서 산다면, 나는 뿌리에 관한 욕망을 지워 버린 욕망 속에 산다고 해도 좋다.

사이보그는 미래의 풍경이기만 한 것인가

우리는 그들을 미래의 풍경 속에서 이야기한다. 애써 그들을 미래의 영역으로 내보내고 있는 우리의 사고 속에는 이미 우리의 몸이 그들의 몸과 연결되고 있다는 불길한 심증이 활동하고 있는 것은 아닐까. 사실대로 말하자면 우리와 다르다는 그들은 현재의 우리와 너무 닮아 있다.

우리의 몸은 이미 이 세계의 크고 작은 매뉴얼에 시스템화되어 있다. 뿐만 아니라 시스템화되어 있는 줄도 모르고 살아간다. 물론 우리를 가동시키는 그 매뉴얼은 인간인 우리 자신이 만든 것이다. 어느 날 아침 일어나 보니 이 지상에 시계란 사물이 사라졌다고 가정해 보자. 보이지도 않는 시간을 나눠 쓰라고 쉴 새 없이 째깍거리는 그것에 프로그래밍되어 있던 우리의 몸은 즉각적으로 혼돈에 빠질 것이다. 자주 나는 우리의 삶은 그렇게 단순하지도 기계적이지도 않다고, 호모 사피엔스인 우리는 그들과 다르다고 말하는 이들의 얼굴에서 공포를 읽는다. 당장 사이보그라는 말 속으로 들어가 보라. 이 말 속에는 현재 우리의 자화상이 우글거리고 있다.

유전자 지도를 완성시킨 인간의 집념도 놀랍지만 그보다

더 놀라운 것은 우리의 몸이 그토록 정교한 시스템으로 이루어져 있다는 점이다. 반어적 비유가 가능하다면 인간의 몸처럼 정확한 기계도 없다. 또한 이렇게 정확한 기계가 우리 몸의 현실이라면 인체를 위한 접속 코드가 반드시 피나 눈물만은 아닐 것이다. 아니 어느 정도 사이보그화되어 있는 인체의 접속 코드로는 알루미늄이나 브론즈가 더 현실적일 수 있다. 비록 그것이 그로테스크한 우리의 자화상일지라도.

꽃은 삶이고 모니터는 삶이 아닌가

꽃을 오브제로 쓴 시는 '삶의 체험이 녹아드는 일상'의 세계이고, 모니터를 오브제로 쓴 시는 '세상과 겉돌고 있는' 세계인가. 그렇다면 백남준의 비디오 아트도 '세상과 겉돌고 있는' 세계인가. 이런 대립적 구조를 가능하게 하는 사고의 중심에는 피상적이고 비현실적인 인식이 자리하고 있다.

지상의 모든 것은 등가이다. 꽃과 모니터도 등가이다. 즉 '생각하므로 존재하는 나'와 '클릭하므로 존재하는 나'는 등가이다. 생각하는 나만이 "자신이라는 존재에 대해 성찰"하는 것은 아니다. 우리가 문명이라고 구분 짓는 세계는 그 누구도 아닌 바로 불멸의 신화를 꿈꾸는 인류가 끊어진 목숨의 역사만큼 쌓아 올린 세계이다. 그렇다면 현실을 사는 내가 들여다보고 부딪치고 고민해야 하는 대상이 여기가 아닌 그 어디에 있단 말인가. 여기야말로 가장 치열한 삶의 공간이 아닌가.

모니터가 삶의 공간에 있지 않다면 도대체 무엇이 삶의 공간에 있단 말인가. 쉴 새 없이 클릭하는 우리의 손이 현실이 아니라면 무엇이 내 삶이고 내 성찰이고 내 아픈 뼈란 말인가. 내게는 모니터가 중요한 것이 아니다. 그것이 나를 둘러싼 현실이기 때문에 중요한 것이다. 그렇다고 도태되지 않기 위해서 현실의 속도를 따라가는 것은 아니다. 우리의 몸은 속도에 급급할 만큼 허약하지 않다. 이 현실을 살아가는 것은 바로 우리이므로, 우리는 몸의 롤러코스터를 타야 하는 것이 아닐까. 타고 싸워 보기는 해야 할 것이 아닌가. 느림의 미학은 몸의 롤러코스터를 타 본 자만이 맛볼 수 있는 오아시스이다.

현실에 닿는 몸의 코드는 모두 다른 것이다. 그것이 전통에서 비롯되지 않았다고 해서 틀린 것은 아니다. 그것은 각자의 코드의 문제이며 흔들리는 나무에 마음을 빼앗기는 것만큼이나 쇼윈도에 마음을 빼앗기는 것은 너무나 자연스러운 것이다. 그것이 우리의 삶이다. 이 세계에는 어떤 것만 있는 것이 아니다. 모든 것이 함께 있는 것이다.

내게 돌아갈 집이 있었는가

내게 꽃은 이 지상을 함께 호흡하고 있는 존재이지 싸워 나가야 할 대상이 아니다. 휘황찬란한 불빛이 빽빽한 이 전자 사막의 미로를 나는 몸으로 통과하지 않으면 안 된다. 내게는 미로를 돌아 나올 때 쓰라고 실을 건네준 공주는 없다. 돌아가야 할 집도 없다. 있는 것은 몸뿐이다. 이곳에서 요즘 내 몸이 아픈 것은 '존재에 대한 성찰과 반성'을 하지 못했기 때문이 아니라 '존재에 대한 성찰과 반성'을 했기 때문이다. 왜 그 현실을 좀더 구부리고 구기고 자르지 못했을까 하는 것 때문이다. 내가 사는 이 사막에 꽃은 피지 않는다.

집으로 돌아갈 수 있는 출구라고는 죽음밖에 없는 존재가 할 수 일이란 이 '영원의 찰나'를 계속 제 몸에 새기는 것이며, 그러나 결코 아프다고 비명 지르지 않는 것이며, 비명은 몸속에 무덤처럼 묻고 가는 것이다. 그러므로 나는 거리에서 거리로 간다. 돌아갈 집이 없는 자에게 거리는 구원이자 절망이다. 나는 어두워지지 않는 이 사막의 한복판에서 인간을 그리워하기도 하고, 지쳐 모니터 속에 들어가 깜박 잠들기도 한다. 신화 속의 오디세이는 귀향하지만 현실의 오디세이는 귀향하지 못한다. 이 겹겹의 미로를 쉬지 않고 길을 찾아 걸으며 몸에다 길을 새길 뿐이다.

‘언어’라는
생물

‘시적’이라는 말을
배반하는 방식을 통해
시적이라는 말을
진화시킬 수는 없을까.
가을 해변을, 봄날의 꽃잎을
뜻밖의 경로로 데려올 수는 없을까.

2부

맥박과 커서

순간

누군가 다소 진지하게 인생관을 물어 왔을 때 나는, 기회주의자는 아니고 '순간주의자'예요, 라고 대답했다. 그러니까 너무 먼 시간은 생각하지 말고 먹고 싶은 거 먹고 가고 싶은 데 가고 보고 싶은 거 보며 살아요, 우리는 언제 사라질지 몰라요, 그랬더니, 그 사람은 내 말이 끝나기도 전에 많이 웃었다. 물론 내 말은 농담조였지만 심정적으로는 진심에 가까웠다.

호흡법을 배우는데, 강사는 자주 엄지와 검지를 탁탁 튕기며, 이 순간, 이 순간, 이게 전부예요, 그랬다. 그러면서 들어오고 나가는 자신의 호흡을 가만히 보라고 했다. 강사의 손가락이 내는 탁탁 소리와 들어오고 나가는 내 숨에 안팎이 없다는 것을 본 순간 온몸에 슬픔이 차올랐다.

나는 정말 순간주의자다. 한 시간 전에 일어난 일도 전

생 같다. 나는 순간만 알겠다. 그래서 무모하다. 어쩌다 과거나 미래라는 시간까지 몸을 확장시키면 금방 불안해진다. 아무 의미 없이 질러 대다 사라지는 아이들의 외마디 비명 같은, 신명으로 들끓어 오르는 무당의 맨발이 올라탄 작두 위 같은, '순간'이라는 뜨겁고 고통스러운 찰나가 좋다. 어쩌면 나는 순간에는 존재하고 있을지도 모른다.

용접

조각가 존 배(John Pai, 1963~2000)는 손톱 길이만 한 가늘고 짧은 철사 수십만 개를 용접으로 이어 붙여 하나의 입체를 만든다. 「딸과 댄스를」이라는 제목을 가진, 가볍다 못해 사소하기까지 한 일상의 한순간을 존 배는 지난한 작업을 통해 가시화시킨다. 조수 한 명 없이 매일 열 시간 이상을 용접하는 방식은 존 배 스스로가 택한 것이다. 냉혹한 노동을 수행의 방식으로 택한 존 배의 작품에는 드라마가 없고 그저 담담하다. 그런데 그런 존 배의 작품을 보고 있으면 내가 쓰라려서 미어져서 어쩔 줄을 모르겠다. 수십만 개의 철사를 모아 만든 세계여서가 아니라 용접의 순간이 내내 타고 있기 때문이다. 뜨거움이 한 방울도 새어 나가지 않는 존 배의 손에게, 나는 언어를 어떻게 용접할 수 있을까를 묻는다. 용접의 순간을 언어로 어떻게 존재하게 할 수 있을까를 묻고 또 묻는다.

속도

비디오 아티스트 백남준과 빌 비올라는 비디오라는 매체를 가지고 정반대의 세계를 보여 준다. 백남준은 수십 대의 비디오 안에 각기 다른 영상을 심는다. 그러고는 쉴 새 없이 숨가쁜 영상을 동시에 보여 준다. 빌 비올라는 한 대의 비디오 안에서 한 장면을 오래 슬로비디오로 보여 준다. 어떤 상황을 경험하는 사람들의 표정이 한없이 느려진 시간 속에서 낱낱이 드러난다. 정반대의 속도를 보여 주지만, 백남준과 빌 비올라의 세계는 둘 다 전복적이다. 그들은 비디오라는 가장 대중적인 매체를 가지고 실용의 시간을 무용(無用)의 시간으로 돌려놓았다.(일상적인 실용의 선로를 탈주한 곳에서 예술은 탄생한다.) 백남준과 빌 비올라는 자신의 시간을 발명한 것이다! 그런 백남준과 빌 비올라의 세계 속에는 마치 생이라는 시간 속에 막 깨어난 듯한 존재들의 당혹과 매혹이 함께 들어 있다.

그렇다면 나는 내 시에 무용의 시간을 어떻게 내장시킬 수 있을까. 일상적 시간보다 훨씬 빠른 또는 한참 느려지는 속도를 어떻게 언어로 만들어 낼 수 있을까. 내가 아니라 언어 스스로가 리듬을 구축해 간다면, 그 순간 시는 평면에서 입체로 바뀔 수도 있지 않을까. 그리고 그 세계는 재현이 아니라 우리가 놓치고 있었던 바로 그 얼굴이 아닐까.

근원

사진가 김아타의 〈온 에어(On-Air) 프로젝트〉는 한 컷에 (한 풍경이든 이 작업을 위해 만든 얼음 조각이든) 8시간, 24시간, 또는 72시간의 장시간 노출을 주어 계속 찍는 작업이다. 적지 않은 시간 동안 동양적 수행을 해 온 김아타는 '사라지기에 존재한다'는, 역설의 미학을 사진으로 보여 준다. 이 직관적인 역설이 아름다운 것은 그의 사유가 원형에, 근원에 닿아 있기 때문이다. 그래서 차가운 현대성을 가진 김아타의 사진에는 깨끗하고 부드러운 적멸(寂滅)이 들어 있다.

일본의 '하코네'라는 곳에 도착해서, 하코네의 한자 표기인, '箱根'이라는 표지판을 봤을 때, 덜컥, 몸속의 한 어둠이 열렸다. 상자 상(箱), 뿌리 근(根)이라니, 시인 이상이 생각났고, 그래서 상, 하고 나직이 불러 보는데, 뿌리 근이 따라왔다. 상자 상을 따라가니 뿌리 근이 나오는데, 그럼 뿌리 근을 따라가면 뿌리의 처음이 나오는 것일까. 그곳은 정말 온전하게 비어 생기지도 멸하지도 않는 곳일까. 상자와 뿌리는 다른 존재여서 만나서 충돌한다. 그러나 같지 않은데도 만나게 되니 원래는 같은 것인지도 모른다. 그리고 이것은 관념의 유희가 아닌 그 무엇일 수도 있다. 상자와 뿌리가 만나고 충돌하는 그 사이에 내 언어가 있다.

시에는 의미도 이미지도 시간도 오욕칠정도 장난도 들어 있다. 그러나 시는 이 모든 것 이전에 언어다. 시는 언어의 것이다. 적어도 나는 그렇다고 믿는다. 시에는 시의 언어만이 할 수 있는 것이 있다. 최민식의 다큐멘터리 사진에는 가난으로 점철된 삶이, 시대가 적나라하게 노출된다. 얼굴 전체가 깊은 고랑처럼 파인 자갈치 시장의 할머니를 찍을 때 그의 접근은 사실보다 더 사실적이다. 그런데 적나라하다 못해 참혹하기까지 한 사실적 사진에서 그 모든 것 이전에 사진이 먼저 보인다. 최민식은 삶의 현장보다 먼저 사진의 미학에 앵글을 맞추었기 때문이다. 그래서 나는 회화보다도 더 회화적인 최민식의 사진을 좋아한다. 최민식의 사진처럼 나는 시에서 모든 것 이전에 언어가 먼저 보이게 하고 싶다. 의미 이전에 내용 이전에 세계 이전에 언어가 보이게 하고 싶다. 이것이 내 시의 운명이다. 그러므로 나는 순간을 좀 더 잘게 자르고 용접하여 입체를 만드는 방식 속으로 들어갈 것이다.

시인의 손은 늘
어리둥절해야 한다

창문을 열어 놓고 있으니 문득 바람이 차다. 하루가 시작되고 하루가 저무는 것도 모르고 시간을 보낸다. 그런데 나는 하루가 간다는 것은 어떻게 알까.

○

아무것도 못하고 있는데 헉헉거리는 것이 참 이상하다. 아니 아무것도 못하고 있으니 헉헉거린다. 몸속에서 너무 많은 생각들이 떠올라 정신이 하나도 없다. 몸이 고요해져야 몸 밖을 볼 수 있는데 그게 어렵다. 순간에 더 가까이, 더 깊게 다가가려면 우선 내 몸이 고요해져야 한다.

○

'시적(詩的)'이라는 말 속에는 어둑어둑한 가을 해변도 들어 있고 봄날 아득하게 흩날리는 꽃잎도 들어 있다. 어떻게 하면 '시적'이라는 말의 가을 해변을, 봄날 꽃잎을 배반할 수 있을까 생각한다. 시적이라는 말을 배반하는 방식을 통해 시적이라는 말을 진화시킬 수는 없을까, 가을 해변을, 봄날의 꽃잎을 뜻밖의 경로로 데려올 수는 없을까를 생각한다.

○

로베르토 베니니의 영화 「호랑이와 눈」에서 여자가 남자에게 말한다. "눈이 내리는 날에 호랑이를 본다면 당신을 사랑하겠어요." 어느 봄날 여자는 승용차를 몰고 간다. 앞이 보이지 않을 정도로 꽃잎이 눈처럼 날리고 있다. 여자는 와이퍼를 작동시킨다. 여자 앞에 동물원 문이 열리면서 탈출한 호랑이가 나타난다. 경이로 가득 찬 여자의 눈은 만약에—라는 '가정'과 실제로 일어나는 '현실'은 샴쌍둥이라는 것을 말해준다. 눈이 내리는 순간에 호랑이가 나타난다면—이라는 가정과 현실, 우연과 필연은 오른발과 왼발이다. 시적 세계는 바로 오른발의 우연과 왼발의 필연 사이에서 탄생한다.

○

어떻게 사람 속에서 사람이 생겨나요. —어떻게 사람이 점점 커졌다 다시 쪼그라들어요. —어떻게 사람이 한순간에 사라져요. —이 관점이 인간 중심적이라고 해도 어쩔 수 없다. 나는 사람인 것이다.

○

자주 햇빛 속에서 채찍으로 맞고 있는 말에게 달려가 말 머리를 잡고 울다 미친 니체를 생각한다. 말을 죽도록 때릴 수 있고 그런 말에게 달려가 울 수 있고 울다 미칠 수 있는 것이 사람이다.

○

풍경은 어울리는 순간 익숙해진다. 익숙해지면 상투적이 된다. 낯선 풍경은 어딘가 균형이 맞지 않다는 뜻이기도 하다. 시는 낯선 풍경이어야 한다. 초현실적이어야 한다는 뜻이 아니라 풍경 속의 사물들이 이제 막 만난 것 같아야 한다는 뜻이다. 손은 풍경의 시간 속을 거슬러 올라가야 한다. 손은 최초의 시간에 닿아야 하며 만져야 하며 그것을 언어로 데려와야 한다. 그러므로 시인의 손은 피비린내가 나고 미끈거리고 늘 어리둥절해야 한다.

○

조각가 존 배는 1cm 가량의 철사 수만 개를 용접하여 작품을 만드는 작업 방식을 선택했다. 이우환은 큰 캔버스에 단 하나의 점을 찍는 작업 방식을 선택했다. 점을 찍음으로 해서 여백이 생기니, 점은 여백을 존재하게 하는 최소한의 표시다. 그런데 그토록 넓은 여백을 탄생시키는데도 이우환의 작품은 동양적이거나 선적이지 않다. 직관을 통해 점을 찍는 것이 아니라 캔버스의 모든 곳에 가정의 점을 찍어 보는 지난한 시간을 거쳐 단 하나의 점을 찍기 때문이다. 그러므로 존 배와 이우환의 작업 방식은 표면적으로는 정반대지만 내면적 접근은 똑같은 것이다.

○

집요하다는 것은 좁고 가파른 곳을 걷는 선택이다. 낭만이 아니라 탐미로 갈 때, 그곳은 가파르고 숨차지만, 분명 예술이 가는 방향이다. 그러므로 예술가는 병적이고 불균형할 수밖에 없다. 그것은 한 시대의 취향이 아니라 운명인 것이다.

○

하나를 선택한다는 것은 각별해진다는 것이니까, 각별해진다는 것은 그 너머, 다음을 걱정하지는 않는 것이니까, 그것은 내가 그것을 알고, 그것이 나를 아는 것이니까, 그것은 믿고 안 믿고의 층위가 아니니까, 나는 쓰고 또 쓰고 지우고 또 쓰고 그러기만 하면 된다.

○

자족(自足)이라는 말은 아름답고 무서운 말이다. '자'(스스로, 몸소, 자연히, 저절로)와 '족'(발, 뿌리, 근본, 산기슭, 그치다, 머무르다, 가다, 달리다)이 만나 이루어 내는 세계라니! 예술이야말로 스스로 자족의 공간과 시간이 되는 이상한 세계다. 크고 작은 위로나 보상이 주어지기도 하지만 그것을 얻기 위한 과정이라고 하기에는 무조건적인 구애를 내내 해야 한다. 아니 자신의 전 생애를 바쳐야 한다. 그러므로 그것이 자족의 세계가 아니라면 어느 누가 그렇게 무모한, 무용한 일에 자신의 전 생애를 쏟아붓겠는가.

○

시간에서 자꾸 손이 미끄러진다. 나 또는 시간 둘 중의 하나는 암벽이다.

○

어떻게 보이도록 쓰는 것이 아니라 그렇게 보이니까 그렇게 쓰는 것이다.

○

내 시를 내내 고요하게 들여다보는 누군가가 있는지 잠깐 내 시에서 낙엽의 소리가 나기도 한다. 아주 깨끗하고 과장 없는 적멸의 소리.

○

눈이 사락사락 내리는 하루 종일 시를 쓰면 좋겠다. 그럼

나는 내가 말하지 않아도 이미 나를 알고 있는 언어 때문에 마음이 미어질지도 모른다.

○

밤에 층층이 불이 켜진 아파트의 맞은편 동을 보고 있으면 흐느끼는 짐승 같다. 1시가 지나 불이 다 꺼지면 그때서야 울음을 그치고 잠든 것 같아 마음이 놓인다.

○

이상선이라는 화가가 있는데, 그림이 유머러스하고 시적이다. 가벼운데 찡하다. 사무치는 지점까지는 가지 않는다. 그림에 들꽃이 자주 날린다. 새벽 2시 이상선의 얇은 도록을 펼친다. 그의 그림을 보다 그가 써 놓은 작업 일기들을 한참 들여다본다.

꽃이요?
낭만적이잖아요…….
사람?
인간적이잖아요…….

너무 작업이 하고 싶어서 자다 깬 적 있어?

그럼 작업 노트를 안고 잔 적은?

그럼 작업이 인생의 전부였던 적이 있어?

스물몇 살 때, 시 비슷한 것 하나 쓰면 너무 좋아서, 매일 매일 가방에 넣고 다니며 보고 또 보고 했었다. 카페에서도 보고 버스에서도 보고 자기 전에도 보고 혼자 낄낄거렸다. 스스로 의기양양해져 걸을 때도 소읍의 불량배처럼 걸었다.

한 가지를 계속하면 더 사무쳐야 하고 더 단순해져야 하고 더 무모해져야 하는데, 왜 그렇지 못할까.

지금부터 다시 그 시간으로 걸어가야겠다. 나는.

닿으면, 꽃

아침부터 눈이 왔다. 세상이 흐렸다. 흐린 사방에서 눈이 내렸다. 그것이 좋다. 눈을 맞고 걸었다. 몸이 흐린지 사방의 눈이 옷에 와서 녹았다. 눈과 나의 포즈, 포즈. 눈이 와 닿고 닿으면 녹는 척 하는 몸을 가진 것이 좋다.

창 안에서 한 사람이 말한다. 저 아이 좀 봐요. 발자국으로 하트를 그리고 있어요 이렇게 발로 디디면서요. 고등학생쯤으로 보이는 여자 아이가 쌓이는 눈 위에 제 발자국으로 하트를 꽤 크게 그려놓는다. 그러고는 백팩을 메고 종종종 지하철 역 안으로 걸어간다. 하트의 양쪽에 영문 이니셜을 각각 하나씩 적어두고 갔다. 저것이 심장이라면 이름을 적는 일 따위는 하지 않았을 텐데. 달콤한 하트. 흰 피가 뿜어져 나올 수도 있는 위치라는 것을 알았다면 저기에 사랑하는 사람의 이니셜을 적지는 않았을 것이다. 아니다 녹을 줄 알고 썼을 것이다. 아니다 적는 순간은 적고 싶은 것이었을 뿐, 아무것도 생각나지 않았을 것이다.

기쁨은 생각 속에서 잠깐 솟아올랐다, 라는 문장을 보는 순간, 현실에서만 살 수 있는 것은 아니라는 것을 알았다. 위로가 조금, 슬픔이 조금, 그랬다. 그러나 구원받았다는 느낌이 더 강하게 솟아올랐다.

더 선명해져야겠다고 생각한다. 선명해진다는 것은 투명해지는 방향. 선명해지는 것은 흐린 것들 사이에서 뼈를 세우는 것. 아니 뼈만 세우는 것. 선명해지니까 숨을 때가 점점 없어지겠지만, 얼룩은 점점 나타나겠지만, 얼룩도 선명함의 안이라면 뼈를 다시 간추리는 소리도 손도 두렵지만은 않을 것이다.

r이 내게 물었다. 이번 시집에서 가장 많이 나오는 단어가 무엇인지 아냐고. 순간? 죽음? 있었다? 몇 단어를 말한 끝에, r이 발목이라고 했다. 얼마 후 처음 보는 기자가 같은 질문을 했다. 그토록 자주 나온 발목은 무엇이었을까. 발을 시에 많

이 써왔지만 발목은……. 새가 되고 싶었을까. 쓰라렸던 것일까. 경사가 보였던 것일까. 기자가 다시 물었다. 「반쯤 타다 남은 자화상」이라는 시에 대해. 그런 자신을 보는 것이 어떠냐고. 반쯤 탄 것도 사실이지만 타다 남은 반쪽도 있잖아요. 그 반쪽으로 살아 봐야겠다 생각되었죠. 씩씩한 척 하니까 조금 씩씩해졌다.

하이데거는 심연으로 내려가는 일을 해야 한다고 했다. 시인이 그걸 해야 한다고 했다. 그렇지 않다면 신은 나타나지 않는다고 했다. 궁핍한 시대에 무엇을 하는 시인인가 라는 질문의 무서움. 궁핍한 시대라는 것을 아예 잊어버리지 않도록 하는 최소의 움직임이 멈추지 않아야 한다는 것. 어둠이 전부가 되면 지금이 어둠이라는 것조차 모른다는 것. 그걸 하는 자가 시인이라는 것. 심연으로 내려갈 수 있을지 모르겠다. 다만 전력을 다하겠다. 선명해지겠다. 어디에 가서 말고 지금 내가 닿는 곳에서 전력을 다해서 피겠다. 전력을 다하는 순간만이 피는 순간이다.

꽃은 벌어지는 틈이다. 틈. 향기. 빛. 생살 찢어지는 냄새.

신을 불러오고 싶다면 먼저 신의 거처가 되어야 한다는 것. 죽음을 불러오고 싶다면 먼저 죽음의 거처가 되어야 한다는 것.

마지막 버스가 커브를 돌았다.
나무는 커브의 둥근 안에 있다.

2013년 1월 1일은 화요일에 시작되었다. 새해의 첫날 요일을 적는 습관이 있다. 아무것도 모르고 다시 한 번 써 보고 싶다. 모르는 곳에서 모르는 언어로 쓰고 있는 내가 있을 수도 있다.

죽은 사람 사진을 들여다본다.
나는 비정한 것이 아니다. 비정함조차 잃었다. 그게 나다.

닿으면 꽃.
울지 말자고 생각하면 울음이 나온다.

속이 불에 탈수록 포즈를 잃으면 안 돼.
자세를 잃으면 속에서 밖으로 불이 번져.
아무것도 안 남아.

모니터를
새〔鳥〕로 만드는 방법

내 방에 있는 창은 오른쪽과 왼쪽 모두 74.5센티미터씩 열린다. 열린 창밖의 풍경은 늘 똑같다. 다른 동의 벽과 벽 속에 갇힌 창이 있고 그 창과 내 창 사이에 꽉 낀 허공이 있다. 그래도 나는 열리고 닫히는 세계인 창 앞에 책상을 맨 먼저 놓았고 책상에는 컴퓨터 모니터를 올려놓았다.

○

창과 모니터 사이인 창틀에는 어느 손이 벼랑의 바위에 새겨 놓은 부처 사진을 매달아 놓았다. 돌은 제 몸의 중심을 지우고서야 비로소 돌이 된다. 배꼽쯤에서 잘려 있는 부처의 몸은 여전히 시간에 물든다. 몸의 중심을 지운 돌부처는 창의 대지인 양 햇빛에 물들고 어둠에 물든다. 모니터는 그런 돌부처의 시간을 따라가지 않는다. 그러나 모니터의 어디에서도 중심을 발견할 수는 없다.

○

내가 가진 모니터는 사방의 틀이 은빛이다. 아래 틀의 한가운데에는 일곱 개의 조그만 단추가 달려 있고 맨 오른쪽 끝의 단추를 누르면 초록색 불이 들어온다. 틀의 오른쪽 위에는 FLATRON이라고 쓰여 있다. 이 단어를 볼 때마다 평면 브라운관이라는 원뜻과는 상관없이, 내 몸은 플래트론이 아닌 플라톤으로, 동굴로, 그림자로, 윈도로 자동 접속된다. 내가 들여다보는 허공의 동굴에도 풍경을 바꾸는 모래시계가 있다. 드리운 그림자는 없는, 아니 온통 그림자일지도 모를 이 동굴의 시간도 순환한다. 그러나 복제된 창세기에는 정해진 순서가 따로 없다. 플라톤은 벅스뮤직을 낳고 벅스뮤직은 아라리오 갤러리를 낳고 인터파크는 알라딘을 낳고 동굴은 그림자를 낳고 그림자는 백과사전을 낳는다. 허공의 동굴은 얕고 얇고 가볍다.

○

컴퓨터를 켜면 모니터에 부처가 넷 앉아 있다. 동쪽과 서쪽에 각각 검은색과 황금색의 부처가, 남쪽과 북쪽에는 몸의 오른쪽은 까맣고 왼쪽은 하얀 부처가 거울처럼 마주 보며 앉았다. 북쪽 부처는 몸의 왼쪽에 그늘이 조금 드리워졌다. 사방이 유리창으로 둘러진 그곳이 정원이라고 나무가 서 있고 부처들은 잔디 위에서 결가부좌를 틀었다. 그곳의 나무들이 흔들리지 않는 것은 뿌리 때문이 아니라 바람 때문이다. 뿌리라는 사실을 왜곡시킨 것은 인간의 관념이다. 뿌리가 있어도 존재는 흔들린다. 아니 뿌리가 있어야 존재는 흔들린다. 인간의 관념은 뿌리라는 존재의 본질을 중심이라는 이데올로기로 둔갑시켰다. 뿌리는 늘 뿌리로 돌아가고 싶어 한다.

○

모니터 안을 돌아다니다 숨이 막히는데 몸을 내려놓을 어둠이 없다. 어둠은 대지의 시간이다. 모니터는 제 속에 그 길을 묻는 것을 깜박 잊었다.

○

한밤의 버스가 불빛이 가득 찬 고층 건물을 지나는 순간 온몸의 안팎에 물뱀들이 달라붙은 느낌이 든 적이 있다. 불빛은 오아시스가 아니었다. 한밤의 모니터 속에서도 그런 순간을 맞닥뜨린 적이 있다.

○

윈도가 다운되는 순간을 가리켜 "죽음의 파란 화면"이라고 부른다. 불규칙했던 심정적 순간을 고착화시킨 이 수사적 표현을 봤을 때의 첫 느낌 — 철학자 로버트 노직의 명명처럼, '경험 기계'인 내 몸과 끝내 맞닥뜨리고 만 낭패감. "우리의 실재가 단순히 양분을 공급하는 화학물질이 가득 찬 통 안에서 둥둥 떠다니는 무의식적인 육체일지도 모른다."는 노직의 가설에 몸이 통째로 먹혀들어 간 것 같은.

○

"또 하나의 세상"이라는 광고 문구에는 이분법의 흔적이 있다. 허공과 하늘이 대지와 허공이 구분이 없듯이, 모니터 속은 현실과 이어진 세상이다. 데카르트 식으로 말한다면 "삶은 단지 악령이 만들어 낸 기만"일 뿐이며, 그것을 매트릭스 식으로 확장한다면 "생이라는 꿈에서 깨어나야만 우리는 진짜 세상으로 나갈 수 있는 것"인지도 모른다. 나는 이 사유들에 무조건 동조하는 것이 아니다. 나는 열리는 동시에 닫히는 것이 문이라는 사실을 말하고 싶은 것이다. 열릴 수 없다고 생각하는 벼랑을 열어젖힐 때 거기에 문이 생긴다. 지평은 확장된다.

○

어디서나 애완견을 부르듯 하이브리드(hybrid) 하이브리드 한다. 『산해경』의 반인반수들은 현대의 각종 액세서리를 달고 가방 디자인에까지 등장한다. 인기 금융 상품명도 '하이브리드'다.(인터넷 하나로 전 인류가 연결된다. 국경은 사라졌다. 그러니 마음껏 뒤섞여도 된다. 인류는 잃어버린 자유와 야생성을 되찾았다!) 하이브리드라는 말에서는 산해경적 야생성도 자유도 느껴지지 않는다. 전제주의 냄새가 난다.(모두 다 섞이니까, 모두가 똑같아져야 한다. 그러나 안심하라. 모든 제품에는 고유 번호가 있다. 어차피 원본 따위는 없다. 고유 번호만 있으면 실존하는 것이다.) 유목과 야생을 앞세운 이 고도의 박제 시스템.

○

컴퓨터를 끄고 고개를 들면 모니터 너머의 검은 창 속에 내 얼굴이 들어가 있다. 모든 표정을 삼키며 흘러내리는 얼굴은 돌부처에게 가 달라붙지 않는다. 창과 내 얼굴에서 휘발유 냄새가 난다. 그럴 때 내 손은 입을 막으며 꺼진 모니터를 들여다본다. 거기에는 내가 들어가 있지 않다.

○

컴퓨터를 꺼도 모니터가 꺼지지 않는 순간이 있다. 밤과 낮이라는 실제적 시간과 상관없이 내 몸을 켜도 내 몸이 켜지지 않는 순간이 있다. 몸에 배선을 갖게 된 나는 그런 순간에도 땅이라는 현실부터 찾는다.

○

표지판을 따라간다 — 새와 나무를 따라간다 — 마음을 따라간다 — 이념을 따라간다 — 모니터를 따라간다 — 사랑을 따라간다: 이 모두 허공으로 난 길이다.

○

모니터는 경전이다. 경전은 길이다. 현관문을 열고 나가지 않고, 하늘과 구름을 따라 나가지 않고, 나는 모니터를 관통해 세계로 들어간다.

○

잘못 떨어진 그늘 한 점 없는 땡볕의 모니터를 들여다보는 새벽이 늘어 간다. 창은 그때마다 아직 어둠을 삼키지 못했고 모니터의 흰 땅에서는 커서가 뛴다. 커서를 들여다보다 나는 내 맥박을 짚어 본다. 엇갈려야만 걸을 수 있는 오른발과 왼발처럼 맥박과 커서는 번갈아 뛴다. 간혹 같이 뛸 때도 있으나 커서의 호흡이 내 몸의 것보다 늘 조금 빠르다. 커서와 맥박이 엇갈리는 그곳이 내 언어들이 생겨나 꼼지락거리는 바로 그 지점이다.

○

"최초의 인간은 나무에 매어서 죽고 최후의 인간은 개미의 밥이 되나니."라고 마르케스는 『백년의 고독』에 썼다. 이 말은 진실 아니면 거짓이다. 바꾸어 말하면 우연 아니면 필연이다. 모니터 속도 내가 쓰는 언어도 우연 아니면 필연인 세계다. 아날로그 시대를 산 마르케스는 발자국이 오른발의 우연 아니면 왼발의 필연으로만 만들어진다는 그 사실을 이미 알고 있었던 것이다.

○

모니터를 새(鳥)로 만드는 방법: 6개월 동안 불과 몇 cc가 담긴 물 한 잔을 들여다본 프랑시스 퐁주의 방식으로 모니터를 선(禪)하는 것. 모니터 토굴 밖으로는 절대 나가지 않는 것. 철사를 1센티미터로 잘라 다시 그것을 용접해 수탉의 심장을 만드는 존 배의 조각 방식으로 모니터를 몸속에 집어넣는 것. 하늘과 바람을 함부로 불러들이지 않는 것. 퐁주의 물컵과 존 배의 철사는 새와 같다. 내부에 최초의 시간을 갖고 있으며, 시간에 녹는 뼈를 가지고 있다.

이미지와 놀다

1

이미지는 언어 밖에 있다. 아니 이미지는 언어와 언어 사이에 있다. 이미지는 언어에는 없다. 감각이 우선하는 언어 밖은 사실적이며 물질적이다. 그러므로 이미지는 뜨거운 곳에서는 녹아내리며, 고요한 곳에서는 스며들며, 울퉁불퉁한 곳에서는 미끄러지며, 어두운 곳에서는 그림자가 짙어진다. 사실적이고 물질적이기는 하나 이미지의 몸을 찾는 것은 불가능하다. 물의 몸이거나 빛의 몸이거나 어둠의 몸이거나 허공의 몸을 가지는 것이 이미지이기 때문이다.

이미지는 언어 이전의 것이며, 몸 이전의 것이다. 이미지를 구하는 자는 언어 이전을 헤매는 자이며 몸 이전을 헤매는 자이다. 언어 이전은 질서 이전, 개념 이전, 의미 이전, 가치 이

전, 도덕 이전, 윤리 이전이다. 그곳은 원시보다는 태초와 닿는다. 원시는 문명과 연결된다. 태초란 세계가 처음 생겨난 지점이며, 세계가 시작되었다는 것은 이미 그곳이 부재의 시간과 공간은 아니라는 것이다. 몸 이전은 시간이 있고 공간이 있는 곳이다. 그러나 몸이라는 중심이 생기기 전이며, 중심의 권력이 생기기 전이며, 정체성의 우열이 생기기 전이며, 언어가 생기기 전이다. 그러나 몸 이전은 부재의 허공이 아닌 존재의 허공인 것이다.

언어 밖이나 몸 밖에서는 이 존재의 허공이 끝없이 펼쳐진다. 허공은 절벽이거나 침묵이다. 절벽이라는 비물질이거나 침묵이라는 물질이다. 그러므로 이미지를 구하는 것은 절벽의 시간과 침묵의 공간을 느끼는 것이고, 견디는 것이고, 절벽의 시간과 침묵의 공간에 제 온몸을 내려놓는 것이다.

2

언어는 식물성이다. 언어는 한곳에 뿌리내리기를 좋아하며 관념이든, 의미든, 비유든 모든 것을 열매라는 이름으로 달고 한번 단 열매를 스스로 버리는 일은 없다. 동일한 변화를 한자리에서 반복한다. 같은 모양과 방식으로 윤회하고 또 윤회한다. 그러므로 언어에서는 죽음에서 삶이 생성되는 것이 아니라 죽음이 죽음을 생성한다. 이런 언어는 정착민의 그것과 꼭 닮았다. 언어는 인류의 역사가 그러하듯, 열고 닫을 수 있는 문과 창을 사방에 뚫어놓은 집을 만들고 이 집에 거주한다. 언어는 변화보다는 안정의 열쇠와 자물쇠가 달린 이 집에 기거하기를 좋아한다.

이미지는 동물성이다. 이미지는 본능적인 감각을 따라 끊임없이 움직이며 머물고 싶은 곳은 뿌리가 될 수 없는 제 발로 파고 들어간다. 그러나 다시 그 자리에서 같은 모양과 같은 방식의 윤회를 하는 법은 없다. 매장된 죽음에서 풍겨 나오는 것이 삶의 흙냄새라는 것을 알고 있기 때문이다. 이런 이미지는 유목민의 그것과 닮았다. 언제든지 별을 따라 떠날 수 있도록 지붕으로 하늘은 가리지 않는다. 한곳의 공기에 익숙해지기 전에 늘 떠난다. 이미지는 길이 나 있지 않아 사방의 어디로도 갈 수 있는 막막의 사막을 좋아한다.

식물성 정착민인 언어와 동물성 유목민인 이미지가 만난 그 순간에 언어의 이미지가 생성된다. 결코 자웅동체일 수 없는 두 극단이 부딪치는 그 순간에 언어의 이미지가 생성된다.(극단이란 서로에게 갈 수 있는 가장 멀고 끈질긴 길이 아니던가.) 그것은 낮과 밤이 처음 닿는 바로 그 순간이며, 흙과 물이 처음 닿는 바로 그 순간이며, 삶과 죽음이 처음 닿는 바로 그 순간이다. 그러므로 낯설지만 매혹적이며 매혹적이지만 낯선 그 순간에는 생생하고 생경한 산란기의 비늘을 가진 물고기들이

퍼덕인다.

3

'나무'라고 쓰자 지상의 모든 나무가 일제히 "나?" 하고 묻는다. 순식간에 폭풍이 분다. 아니 아니, '별'이라고 쓰자 "나?" 하고 천상의 모든 별이 공중 낙하한다. 인류가 출현한 이래 최대의 유성 운석이라는 자막이 옥외 전광판마다 새겨진다.

이번에는 '중산공원 입구의 단풍나무'라고 쓴다. 가지가 오른쪽으로 둘, 왼쪽으로 하나 뻗어 있는 2미터 정도의 단풍나무가 서 있다. 나무를 그곳에 세워 두고 '거실 밖 십자가 위로 떠오른 별'이라고 쓴다. 그 별이 십자가 대신 나무의 왼쪽 가지 위로 와서 뜬다. 그런데 내가 시 속으로 데리고 와 살게 한 단풍나무와 별은 며칠이 지나도 여전히 중산공원 입구의 그 나무이며 십자가 위로 떠오른 그 별이다. 더욱 그 나무의 뿌리는 너무 먼 곳까지 움켜쥐고 있어 생명력, 의지, 희망이라는 웅성거림이 가득하다. 별도 그리움과 눈물과 꿈으로 뒤범벅되어 있어 반짝이는 것이 손때인지, 별빛인지 분간이 가지 않는다.

나는 그제서야 내가 '대여점식' 언어의 이미지를 쓰고 있다는 것을 깨닫는다. 오래되고 낡고 익숙한 것이 '대여점식'

언어의 이미지이다. 누구의 것이 아닌, 그러므로 누구의 것도 된다. 빌린 것이므로 누구나 그곳에 있던 그대로 가져다, 그대로 쓴다. 이 전 지구적 대여점에는 사랑, 고독, 꿈같이 몸 없는 것들로부터 길, 구름, 눈, 바다같이 몸 있는 것들까지 다양하게 구비되어 있다. 비유적으로 말하면 언어의 사이보그 시대가 온 것은 오래된 일이다. 언어들은 어느 곳에서나 적응하는 슈퍼컴퓨터이다.

이 대여점에 아직 반입되지 못한 것은 보도블록, 플러그, 전봇대 등등 오욕칠정이 좀처럼 스며들지 않는 재질의 것들이다. 그러나 이런 것들에도 자주 성급한 대여점식 이분법이 덧씌워진다. 보도블록이나 플러그를 불모성으로 규격화하는 것은, 빛은 광명으로, 어둠은 고난으로 나누는, 대여점식 기준이다. 모든 존재는 나누어지기 이전에 이어진 것이다. 버추얼리얼리티는 현실과 구분된 불가능한 세계가 아니라 현실의 확장 팩인 것이다.

언어를 데려와 시 속에 살게 할 때 그것을 한 번이라도 대여점식 이분법을 벗어난 하늘 아래에서 햇빛을 쪼여 주었던들, 상상력의 비를 맞게 했던들 나무와 나무의 이미지가, 별과 별의 이미지가, 그렇게 한결같은 포즈와 주렁주렁한 장식들을 걸치고 서 있었겠는가.

그러므로 대여점 것이 아닌 최초의 것으로서 언어의 이

미지를 구하기 위해서는 나무라는, 별이라는 언어의 오래되고 낡은 가죽을 벗겨 내거나, 얼룩 한 점 없이 환한 언어가 보여 주지 않는 뒤편으로 걸어가거나, 나무와 별 위에 마음대로 덧칠을 해 버리거나, 언어를 물이나 밤이나 빛이나 그림자 속에 다 넣고 말개질 때까지 기다리거나, 또는 언어의 배를 가르고 아예 그 속으로 들어가야 한다. 그곳에는 교대로 작동하는 심장이 여러 개 있을 수도 있다.

4

이미지는 알렙이다.
아니, 이미지는 알렙에 가면 볼 수 있다.
이미지는 마콘도이다.
아니, 이미지는 마콘도에 가면 볼 수 있다.

오토바이,
모터사이클,
바이크

시인들이 둘러앉은 자리였다. 내 시에 오토바이가 자주 나온다는 말끝에 누군가가 말했다. 요즘은 오토바이라고 잘 안 써요. 오토바이는 우리나라에서만 쓰는 말이잖아요. 정확한 단어는 모터사이클이에요. 그 순간 내 앞에 '오토바이'라는 말이 도착했다. 뒤이어 '모터사이클', '바이크'라는 말도 도착했다.

오토바이(auto bicycle, moter cycle)는 우리나라에만 있는 단어 맞다. 우리나라에서 만들어진 외래어다. 정확한 시기는 알 수 없지만 auto bicycle을 줄여 '오토바이'라고 쓰게 됐을 것이다. 우리나라에서 오토바이는 여러 단어로 불린다. 오토바이 판매점이 밀집되어 있는 충무로에 가 보면 오토바이, 모터사이클, 바이크라는 세 단어가 혼재되어 쓰이는 것을 볼 수 있다. 오토바이 한 가지로만 불리던 명칭이 다양화된 때는 1990년대 중반 정도인 것 같다. 오토바이가 단순한 이동, 운송 수단에서 많은 동호회가 생겨날 정도로 하나의 문화 아이콘으로 바뀐 것이 그즈음이다. 오토바이 동호회 사이트에 들어가 보면 할리데이비슨 오토바이를 타는 일명 호그족(Harley Owners Group)들은 바이크라는 말을 주로 쓴다는 재미있는 사실도 발견할 수 있다. 아무튼 우리는 변두리에 가면 아직도 볼 수 있는 표기인 '오도바이'에서 매끈매끈한 최첨단의 '바이크'까지가 함께 질주하는 공간에 살고 있는 것이다.

오토바이라는 말에서는 매연도 뿜어져 나오고 덜덜거리는 엔진 소리도 들리고 매달려 가는 커다란 검은 비닐봉지나 철가방도 보이고 고양이나 행인을 치어 본 적이 있는 시간도 묻어난다. 중국집, 퀵서비스맨의 그것에서부터 한밤의 도심을 가로지르는 폭주족들의 그것까지, 오토바이라는 말에는 우리나라가 통과해 왔고 또 통과해 가는 몇 십 년간의 시간이 담겨 출렁거린다.

오토바이에 비해 모터사이클이라는 말은 객관적이다. 삶이나 지리학적 위치라는 시간과 공간을 가져오기보다 자동차와 마찬가지로 이동 수단으로서의 객관성을 확보한다. 유행이나 취향을 내비치지 않는 이를테면 자전거를 자전거로 부르는 듯한 그런 느낌이다.

모터사이클이라는 말이 객관적이라면 바이크는 즉각적으로 현대성을 느끼게 한다. 바이크라는 말은 왠지 날렵하다. 가볍다. 유행이나 취향과도 가깝다. 바이크의 속도에서 느껴지는 것은 현실이나 삶보다는 현대성이 우선한다. 인터넷이 사이버 공간에서의 디아스포라를 실현했다면, 바이크라는 말은 오프라인의 국경을 가볍게 넘어가는 디아스포라를 실현하고 있는 것 같다.

물론 나는 내 시에 오토바이 대신 모터사이클이나 바이크를 붙여 보기도 했다. 그러나 그때마다 내가 원한 말은 오토바이라는 것을 알 수 있었다. 내게 그것은 내가 통과해 온 이 공간과 시간의 때가 묻은 '오토바이'여야 했다. 실존이 아니라 생존을 지울 수 없는 퀵서비스맨이나 중국집 배달 소년의 오토바이여야 했고, 폭주족들의 그것도, 취향으로서가 아니라 개발과 문명이 함께 충돌하는 서울의 한밤을 가로지르는 오토바이여야 했다.

그러므로 모터사이클도 바이크도 아닌 오토바이가 있는 곳이 내 언어의 지점이다. 혼종의 시대를 살고 있어도 내게 이 곳의 시간은 여전히 무겁다. 중심이 사라졌어도, 중심은 처음부터 없었던 것이 아니었으므로, 나는 그 지워진 흔적을 상처로 갖고 살 수밖에 없다. 시인에게는 자신만이 쓸 수밖에 없는, 선택할 수밖에 없는 언어가 있다. 내게 오토바이라는 말이 그렇듯이 어떤 시인은 모터사이클을, 또 어떤 시인은 바이크라는 말을 쓰지 않으면 안 될 것이다. 언어는 대지와 같다. 언어 속에 시간도 공간도 다 담기기 때문이다. 이 사실이 다소 무겁더라도, 어둡더라도, 인간의 기이한 발명품인 언어는 이 운명을 벗어나지 못한다.

2095년 래퍼
구보 씨의 일일

대낮이었는데도 원시림이 울창한 숲속은 깜깜했고 장대비가 쉴 새 없이 퍼부었다. 낯선 짐승의 울음소리도 들리지 않았고 우비를 입은 몸에는 한기가 악착같이 달라붙었다. 빗줄기 사이로 랜턴 불빛은 가쁜 숨을 토해 냈지만 어디로도 발을 뗄 수가 없었다. 아아, 길을 잃은 것이다.

난생처음 경험하는 공포에 휩싸인 구보는 기상용 우편 소리에 놀라 꿈에서 깬다.

나의 벗 구보. 열여섯 시간의 씻김굿을 보고 지금 막 텐트로 돌아왔네. 불러들인 영혼을 따라 울고 웃는 사이 해가 지고 칠흑 같은 어둠 속에서도 굿은 계속되었네……

세계적인 비디오 아티스트였던 백남준의 목소리가 읽어주는 메일을 듣고서야 구보는 '원시림 속으로의 여행'이 어제 선택한 맞춤 꿈이었다는 것을 깨닫는다. 언제까지나 미지의 영역으로 남을 것 같았던 꿈의 메커니즘 분석에 세계 최초로 성공한 우리나라는 5년 전부터 알약 형태로 된 맞춤 꿈을 시판하고 있다. 평소 의식 구조를 인위적으로 바꾸는 것에 심한 거부감을 갖고 있는 구보가 이 알약을 복용한 것은 어제가 처음이다. '아아, 막 길을 잃었는데…….' 구보는 심리적 부담을 감수하면서까지도 복용했는데, 그토록 원하던 경험 속으로 들어가지도 못하고 깨어난 것이 몹시도 서운하다. 오늘 외출에서 돌아오는 길에는 '원시림 속으로의 여행' 신약을 살 수 있다고 생각하자 구보는 마음이 조금씩 가라앉는다.

얼마 전 새로 세팅한 백남준의 어눌하고 느린 목소리는 아직도 밤하늘 보호 지구로 3개월간의 휴가를 떠난 벗의 메일을 읽어 주고 있다. 구보의 오래된 벗도 구보와 마찬가지로 래퍼다. 구보는 '모든 것을 한꺼번에 노래할 수 있는 도시 유목민'이라는 의미가 포함된 래퍼보다 불과 20년 전까지만 해도 통상적으로 쓰였던 시인이라는 명칭이 훨씬 마음에 든다. 그래서 구보는 가끔씩 '시인'이라고 혼잣말을 해 보기도 한다.

같은 래퍼이긴 하지만 밤하늘 보호 지구에 가 있는 벗은 하이퍼 계층이다. 일자리를 구할 때마다 번번이 유통 기한이 끝났다는 통보를 받는 구보와 달리 벗은 인터넷상의 도서관 사서인 사이버 사서로서 자신의 유통 기한을 30년째로 늘려 가고 있다. '하이퍼 계층으로 올라선 벗이 그렇게 부럽지만은 않은 것은 왜일까'를 생각하던 구보는 일찍이 20세기의 끝에서, 『21세기 사전』이라는 이 책을 통해 미래를 전망했던 자크 아탈리의 예언이 딱 맞아떨어졌음이 새삼 감탄스럽다. 인류가 유목의 시대로 돌아간 것은 물론 아탈리의 전망대로 인류는 세 계층으로 재편되었다. 구보의 벗처럼 하이퍼 유목민은 유목에 필요한 모든 도구를 들고 어디로든 자유롭게 다니는 호화 계층이다. 다른 사람의 유목을 관망하는 것으로 만족해야 하는 중간 계층인 가상 유목민과 단순히 먹을 것을 위해 이동해야만 하는 극빈 유목민 중에서 자신은 어디에 속하는지를 생각해 보던 구보는 다시금 우울해진다. '나는 부재한다, 고로 나는 존재한다'는 오래된 명제가 여전히 내게도 어울리는군…….' 구보는 저절로 쓴웃음이 나온다.

그러나 그것도 잠시, '밤하늘 보호 지구 또한 감시망이 연결된 곳이긴 마찬가지 아닌가'라고 되물을 수 있게 되자 구보의 마음에서 씁쓸함이 걷힌다. '그래, 우리는 어디에서도 길을 잃을 수가 없는 곳에 살게 되었다. 아니 길을 잃는 것은 아예 불가능해졌다. 보르헤스는 이미 20세기에 쓴 짧은 소설에서, 세상에서 가장 완벽한 미로는, 유명 건축가가 몇 십 년에 걸쳐 지하에 복잡하게 세운 미로 도시가 아니라 그 어느 곳으로도 길이 나 있지 않은 끝없이 펼쳐진 사막이라고 하지 않았던가.

전염병보다도 빠르게 확산된 인터넷을 완벽한 미로라고 생각했지만 그것은 기우에 불과했다는 것이 증명되는 데는 그리 오랜 시간이 걸리지도 않지 않았던가.' 어느새 과거로까지 되돌아갔던 구보의 마음은 시간을 다시 거슬러 올라온다.

구보는 "국가는 드디어 국민의 진정한 매트릭스(자궁)가 되었습니다. 국민들은 이제 안락한 자궁에서 편히 지내시기만 하면 됩니다."라는 공익 광고 문구를 떠올린다. 지능형 국가가 실현된 곳에서는 온라인과 오프라인의 모든 행적은 실시간으로 추적 기록된다. 어디를 가나 몸의 모든 것은 센서에 의해 자신을 관리하는 메인 컴퓨터로 보내진다. 개인의 전자 지문만 검색하면 그 개인이 어느 지구의 몇 번째 보도블록을 딛고 있는지, 지금 어떤 정서 상태에 빠져 있는지까지도 다 알 수 있다. '결국 인류는 미로를 구축한 것이 아니라 죄수에게만 사용되던 전자 감응 장치를 스스로 장착하게 되는 데 성공한 것은 아닐까.'라는 생각에 구보는 마음이 어두워진다.

그래서 구보의 벗은 이런 국가의 관리에서 유일하게 제외되는 곳인 밤하늘 보호 지구로 장기 휴가를 떠난 것이 아닌가. 이 지구는 자연의 시간을 따라 생활할 수 있도록 법적으로 보호받는 곳이다. 밤이 되면 인공조명이 없는, 깜깜해지는 밤하늘을 볼 수 있는 이 지구에 최소한의 편의 시설로서의 인공조명은 바닥으로만 낮게 깔리게 되어 있다. 더욱더 낮게 깔릴 수 있는 조명을 고안해 내는 것은 조명 회사들의 가장 큰 과제다. 구보의 벗이 머무는 곳은 매년 '떠나고 싶은 휴가지 1위'로 꼽히는, 우리나라에서도 몇 안 되는 특급 지구다.

시민 단체에서는 해마다 밤하늘 보호 지구를 늘려 달라는 시위를 하지만, 국가의 통제망에서 벗어난 곳으로 회복시키려면 만만찮은 비용이 든다는 것이 정작 속내는 감추고 있는 정부의 일관된 입장이다. 또한 실제로 이 지구로 휴가를 갈 수 있는 유일한 유목민인 하이퍼 계급들은 단절이라는 불안감을 이기지 못해 접속 가능한 물품을 들고 들어오는 것이 현실이다. '이쯤 되면 인간은 스스로 사육을 당하지 않고는 못 견디게 된 것 아닐까…….' 구보는 너무 자조적으로 비약되는 자신의 생각을 털어 버리려는 듯이 머리를 세차게 흔들어 본다.

밖에서는 프로그램식 정적 소리가 들려온다. 1년 전부터 정부가 개인 누구나 원하는 자동차 정적 소리를 장착하는 것을 허가한 이후로 거리는 동물 농장과 콘서트장을 방불케 한다. 어느새 그 소리에 익숙해진 자신을 발견한 구보는 우선 하루에도 수백 개씩 들어오는 메일을 한동안 보지 않는 데이터 단식을 해야겠다고 마음먹는다. 구보는 주섬주섬 몸을 챙겨 침대에서 일어난다.

침대 매트리스의 지시로 준비된 커피와 토스트를 구보는 그냥 지나친다. 커피와 토스트가 더 강한 냄새를 뿜어 대기 시작한다. 구보의 몸 상태를 파악한 매트리스가 지시해 놓은 오늘의 메뉴는 진한 에스프레소와 바싹 구운 토스트다. 구보는 자신의 임대 아파트에서 유일하게 불투명 공간인 화장실로 들어가 변기에 쭈그리고 앉는다. 구보는 신경이 차츰 안정되어 가는 것을 느낀다.

속이 다 보이도록 고안된 고단위 노출 디자인 붐은 가전제품에서 시작돼 음식점의 주방, 관공서로 확산되었고 결국은 주거 공간에까지 번졌다. 감추고 싶은 최소한의 공간만 불투명으로 처리하고 나머지는 모두 속이 훤히 들여다보이도록 짓는 것이 누드 공법이다. 급기야는 침실까지 투명으로 만드는 올누드 아파트까지 등장시켰던 인간의 욕망은, 지난 10년간 다시 기형적으로 두꺼운 벽으로 마감하는 중세 고딕 양식의 아파트 붐을 불러왔다. 구보는 주거 공간의 노출까지 그토록 쉽게 감행된 이면에는 인터넷 공간이 있다고 생각한다. '여러 형태의 개인 홈페이지는 교제 범위에서 일기, 하루의 감정 상태까지 자신에 관한 것들을 자연스럽게 드러내게 했고, 누구나 그 공간에 접속할 수 있고 공유할 수 있게 하지 않았던가. 혼자만의 영역이었던 사고를 자연스럽게 노출하게 된 사람들이 집이라는 공간을 노출시키는 것을 두려워하거나 금기시하지 않게 된 것 아닌가. 사고의 노출이야말로 더 진정한 노출이 아니던가.' 구보는 반문하지 않을 수 없다.

어려서부터 병적으로 노출을 싫어한, 그런 구보가, 가난한 래퍼라는 이유 하나만으로 지금 유행이 지난 올누드 아파트를 임대해서 산다. 이 아파트는 누드 아파트가 절정에 달했던 15년 전 지어진 것이다. 한참 전의 것인데도 집 안의 모든 것이 인공지능 방식으로 제어되는 스마트 하우스인 것이 구보는 더 못마땅하다.

'언제쯤 사방은 아니더라도 작업실만은 어둠의 벽으로 둘러싸인 곳으로 갈 수 있을까…….' 소망의 나래를 펴던 구보는 화장실에서 나와 식탁에 앉는다. 식탁에는 여전히 강한 향을 풍기는 커피와 토스트가 놓여 있다. '지칠 줄 모르는 기다림이야말로 견뎌 내기 더욱 힘들군…….' 구보는 에스프레소를 한 모금 마시며 물끄러미 밖을 쳐다본다.

거리에는 여전히 사람들이 걸어간다. 모두 아주 느리게 걷고 있다. 20여 년간 계속되는 전 세계의 화두는 참선이다. 마케팅 전략으로만 포장되었던 웰빙의 시대는, 사람들로 하여금 이미지로 전락해 버린 자신들을 발견하게 하는 결정적인 계기가 되었다. 자신들도 모르게 스스로가 사이보그가 되어 가고 있음을 발견한 사람들은, 더 이상 이미지가 아닌, 실제로 느리게 생각하고 걷고 호흡하는 방법을 익히기 시작했다. 아니 이 표현은 수정되어야 한다. 사람들은 시간의 원래 호흡으로 돌아가기 시작했다. 그리고 잃어버린 야생성을 각자의 방법으로 찾아가기 시작했다. 새로운 22세기를 목전에 둔 지금, '밤하늘 보호 지구'나 원시림 트래킹의 예약은 2년 치가 밀려 있다. 호화 여객선에서 음악을 들으며 최신 장비로 수술을 받는 성형수술 크루즈는 더 이상 성행하지 않는다.

언제까지나 계속될 것 같던, 각성제의 이름까지 동원해 '각성제를 복용한 듯한'이라는 의미로 비유되던 메탐페타민 속도의 시대는 가고, 사람들은 속도 밖으로 걸어 나오고 있다. 물론 기계들은 그 속도를 포기하지 못하므로 여전히 세계의 속도는 점점 빨라지고 있다. 지능형 세계에서, 과학자 리처드 그랜달의 표현처럼, "기계는 결코 잠들지 않는다." 그러나 사람들은 기계의 도시를 떠나고 있다. 인류가 대대로 이룩해 놓은 도시는 기계가 점령했고 그러나 인류는 뜨겁고 붉은 자신의 피를 확인하러 떠나고 있다. 20세기에 21세기 사회를 예견하고 만든 영화 「가타카」에서는 "우리는 되돌아갈 곳이 없어." 라고 탄식했지만, 영화 밖 인류는 걷잡을 수 없는 속도로 복제를 파고들었듯이 이제 그곳에서 되돌아 나오고 있는 것이다. 전 지구를 도시로 만들어 놓고 인류는 이제 그 속을 떠나고 싶어 하는 것이다. "그래, 그 방향은 옳다. 우리는 만들어 보았어야 했고, 그것에 갇혀 보았어야 했고, 그래서 우리는 떠날 수도 있다. 그래, 아직도, 아니 유일하게 사람만이 희망이다." 라고 구보는 중얼거린다.

기계와의 혼종이라는 꿈이 인간 스스로를 향한 최후의 경고 사격이었음을 구보는 안다. 구보는 손을 들어 제 얼굴을 만져 본다. 매끄럽고 가죽은 얇다. 어디에서도 야생의 감촉이 느껴지지 않는다. '내 진짜 얼굴은 어디로 갔단 말인가, 나는 어디로 가고 있단 말인가, 여기가 어디란 말인가…….' 전체의 문제에서 자신의 문제로 좁혀져 들어가자 구보는 한참을 소리 내어 울고 만다. 그러나 막무가내로 터져 나온 그 울음 덕에 놀랍게도 구보는 오래 머뭇거렸던 고민에 대해 단호한 결심을 하게 된다. 그것은 자신이 10년 동안 아직 오지 않은 시간과 아주 오래전의 시간을 충돌시키는 방법으로 쓰고 있는 랩 「영원과 하루」 연작을 가지고 예술가 펀드 신청을 하려던 것을 포기하는 것이다. 구보는 지금까지 궁핍함 속에서도 전체가 완성될 때까지 이 랩을 한 편도 발표하지 않고 있었다. 예술가 펀드는 가난한 예술가는 인터넷을 통해 투자자를 물색하고, 투자자는 예술가들이 나중에 벌게 될 돈의 일부를 갖는 조건으로 서로를 배팅하는 것이다. '아아, 그러나 내게는 물질이 보장해 주는 길이 아닌, 벗의 길도 아닌, 내 길이 있지 않겠는가…….' 구보는 지금의 예술 코드는 참선이며, 참선은 허술한 것이 아니라 그 무엇보다도 집요한 것임을 안다.

마음이 세워지자 구보는 뜨거운 피가 몸에 돌기 시작하는 것을 느낀다. 박제가 풀리고 있다! 구보는 옷장을 활짝 열어젖힌다. 계절별로 한 벌씩만 옷을 가지고 입는 구보의 옷장에는 지능형 시들이 가득하다. 구보의 유일한 취미는 지능형 티셔츠 형태로 된 시를 사 모으는 것이다. 티셔츠에 달린 센서는 입는 순간, 시의 정서를 온몸에 퍼지게 한다. 즉 입는 즉시 그 시의 몸이 되는 것이다. 구보는 랩이 아닌 이 오래된 시들이 좋다. '아, 오늘은 어떤 시를 입을 것인가.' '김소월의 「왕십리」를 입을까, 이상의 「거울」을 입을까.' 잠시 행복한 고민을 하던 구보는 김춘수의 「서풍부」를 입는다. 구보는 현관문을 열고 나와 한 번도 가 본 적이 없는 비상구 쪽으로 걸어간다. "환한 햇빛 속을 꽃인 듯 눈물인 듯 어쩌면 이야기인 듯 그런 얼굴을 하고……." 구보가 걸어간다. 그곳에서 구보는 오늘, 운명처럼, 길을 잃을 수도 있다.

★ 본문의 고딕으로 처리된 용어들은 『21세기 사전』(자크 아탈리, 편혜원·정혜원 옮김, 중앙 M&B, 1999)과 『미래생활사전』(페이스 팝콘·에덤 한프트, 인트랜스번역원, 을유문화사, 2003)에서 빌려왔음.

‘그 꽃의
끝을 본다는 것’

오로지 흰, 표지. 표지의 왼쪽 맨 위에 “시집”. 흰색 위에 검은 글씨. 책상 위에 놓아둔 책. 책 위에는 아무 책도 올려놓지 않는 책. 흰 표지가 보이도록 놓아두는 책. 햇빛이 어둠이 적막이 바람이 머물기도 하는 책. 약간 노란 빛으로 바랜 아니 빛이 스며들기도 한 책. 일정한 호흡을 허락하지 않는 책. 한 줄의 시구에, 시구를 더 알고 싶어 넘긴 주석에서 하루를 머물기도 하는 책. 폭설 속에서 부러지는 나뭇가지의 소리를 문득 듣게도 하는 책. 『시집』이라는 제목을 가진 시집. 읽을 때는 최소의 언어가 느껴지는, 책을 덮으면 닿았었다는 느낌조차 사라지는 기도서 같은 책. 모두 소멸한 곳에서 오로지 흰색만 솟아오르는 책—『시집』.

스테판 말라르메. 늦가을 열매 같은 이름. 김종삼의 시구처럼 "서양 나라에서 온 크리스마스카드" 같다. 발레리는 스승인 말라르메의 뒤를 따라 가을 들판을 걸으며 생각한다. 다시 한 번 이렇게 걷고 싶다고. 그리고 발레리가 쓴 그 글의 마지막 구절은 이렇게 끝난다. "다음해가 왔을 때 그는 여기에 없었다." 시인과 시에 대한 가장 아름다운, 또는 궁극의 메타포라고 생각되는 한 문장. 이유는 알 수 없지만 오로지 순결하다고 느꼈다. 발레리의 글을 읽은 지 십여 년도 훨씬 더 지난 지금 그것은 소멸 직전 또는 소멸의 방향이어서 순결이라는 것을 어렴풋이 느낀다.

19세기 프랑스 상징주의 시를 대표하는 말라르메는 지독하다 못해 잔혹한 시론을 가지고 시를 썼다. "현실세계의 우연성과 존재의 부조리에 대항하여 필연적인 질서를 지닌 언어의 세계를 구축"하기 위해 통사법을 해체 상태로 몰고 가는 비일상적 언어로 시를 썼다. 47편의 시를 40년 동안 고쳤다. 그리고 "요컨대 단 한 권밖에 없다고 확신하는 책"인 『시집』은 유고시집으로 나온다. 이런 그의 시적 궤적을 보면 지독하다는 말도 잔혹하다는 말도 부족하다. '꽃이라는 말이 그 지시체와 충만하고 순결한 관계를 맺게 되는 지점까지 들어가면 꽃이라는 말이 사라지고 그 자리에 날카롭게 꽃이 솟아오른다. 즉, 사물을 최초의 순결한 모습으로 구출한다는 것'. 이것이 말라르메의 "순수개념"이다. "무의 발견과 말의 소멸"을 지나 시인도 소멸하고 솟아오르는 "꽃이면서 동시에 꽃의 부재인 이것." 그럼에도 그의 언어가 신화가 되지 않는 것은 시에 대한 순수한 정념이 잔혹을 넘어 끝내 잔혹의 순결함을 보여주기 때문이다. 그리고 잔혹의 순결함, 그것이 바로 시이기 때문이다.

없는 시를 위해 끝까지 헌신한다. 그가 말라르메다. 말라르메의 그 세계를 위해 끝까지 헌신한다. 그가 황현산이다. 내게 말라르메의 『시집』은 황현산의 번역이 아니라면 결코 알지 못했을 세계다. "중요한 것은 끝까지 간다는 것이리라.……시는 패배를 말하는 시까지도 패배주의에 반대한다. 어떤 정황에서도 그 자리에 주저앉지 말라고 말할 수 있는 용기가 시의 행복이며 윤리"라고 말하는 황현산의 지독한 정신이 있어 『시집』은 초역될 수 있었다. 끝내 포기하지 않을 때 나타나는 것이 "시라는 이름을 가진 미의 기적"임을 알았던 말라르메. 그리고 그런 말라르메를 또 역시 끝내 포기하지 않고 "유창한 원문을 얻으려는 욕심에 원문을 왜곡하는 일이 없도록 주의했다"는 황현산의 정확하고 정교한 번역. 시를 시로 쓰지 않고 시를 비평의 언어로 쓸 뿐인 황현산의 언어에서 시를 배운다.

불가능을 지향한 시인. 그리고 그 불가능의 방향을 결과부터 판단하는 일 없이 그 과정을 따라간 번역자. 시를 써간 말라르메도, 말라르메의 언어를 따라가는 황현산도 이미 이 패배를 알고 있다. 조금 거칠게 말한다면 시론은 완성될 수 없다. 시론은 이미 예정되어 있는 패배다. 시론에 완벽하게 부합하는 시가 가능한가. 가능하다고 한다면 그것은 제품이지 예술품이 아니다. 시론은 시를 목전에서 번번이 놓치는 것이 아닐까. 시론을 가지고 시를 쓰는 시인을 결과론적 복기로만 본다면 시인들의 시론은 이미 실패했다. 한 시인의 시론은 그 불가능이 성립되는가, 그 이론이 완벽하게 성립하느냐 이전에 즉 한 시인이 밀고 나간 궤적으로 이해되어야 한다. 즉 과정으로서의 복기와 조명이 먼저 있어야 한다.(우리 시단의 시론에 관한 복기는 선후가 바뀌어있다고 생각된다. 말라르메를 읽는 동안 그 생각은 더욱 커진다.)

"끝없이 그린다"에서 "끝을 그린다" 사이. 『시집』에 실린 시, 「나는 쓰라린 휴식이 지겨워」. 주석을 보면, 꽃 한송이의 "끝을 그린다/peindre la fin" 를 말라르메는 1864년의 처음 원고에서는 "끝없이 그린다/peindre sans fin"라고 썼다고 한다. 1864년과 1898년 사이, 그러니까 끝없이 그린다와 끝을 그린다 사이. 끝을 모르는 반복에서부터 끝을 그리는 시간에 이르게 되는 길. 그 사이에 사라진 것이 있겠다. 남은 것이 있겠다. 그 꽃의 끝을 그리는 것, 그 꽃의 끝을 본다는 것. 꽃이 아니라 그 꽃의 끝. 꽃이 닿는 곳은 어디인가. 꽃의 끝은 어디인가. 흰 종이의 설렘. 광기, 말발굽소리. 흰 종이가 비로소 흰 종이가 될 때.("말의 비어 있음을 극복하기 위해 말과 싸운 끝에 또다시 비어 있음에 도달했다면, 결국 비어 있음은 또 하나의 비어 있음으로 극복된다고 말해야 하지 않겠느냐.") 다시 0에 놓이는 것. 가능성의 시작. 이제 막 발견되었다. 무에서 유가 나타나는 순간. 아니 무에서 무가 탄생하는 순간.

레이스가 한 겹 사라진다

.

.

.

꽃무늬 장식 하나가 같은 것과 벌이는

이 한결같은 하얀 갈등은

—「소네트 3부작」

* 제목으로 쓴 '그 꽃의 끝을 본다는 것'은 말라르메의 시, 「쓰라린 휴식이 지겨워」에 나오는 구절인 "그 꽃의 끝을 그리는 것"을 변용한 것이다. 글 속의 인용은 모두 『시집』의 황현산 해설에서 가져온 것이다.

‘그림’을
본다

생각하지 않고 먼저 본다.
쓰지 않고 먼저 그린다.
본다는 행위는 순간에는
존재하고 있다는 유일한 확인이다.

3부

세상의 방식으로

본다

들여다보는 거울에서 자주 얼굴이 사라진다. 사라진 얼굴이 나타나라고 계속 들여다본다. 얼굴이 나타나지 않는다. 그런데, 얼굴은 사라졌는데 비명은 들려오는 기이함. 사라진 것은 얼굴인가, 눈인가.

자주 몸에 정신이 닿지 않는다. 또는 정신과 몸이 다른 곳에 놓여 있다고 생각된다. 그런 몸과 정신을 알고 있는 그런 몸과 정신. 떨어져 있는 정신이 떨어져 있는 몸에 가닿으려 할 때 드는 이물감. 그럴 때면 밖에 나가도 지나가는 사람도 못 쳐다보겠고 친한 사람을 만나도 출렁출렁 어쩔 줄 모르겠다. 몸과 정신 중 하나는 거짓말이거나 공포일 텐데 어떤 것이 그것인지 모르겠다. 만난 사람의 얼굴을 들여다보지만 만난 사람의 얼굴은 나와 먼 곳에 있고 나는 습관적으로 말을 한다. 습관이라는 질서는 교란되지 않는다. 그러나 만난 사람의 얼굴은 보이지 않는다. 나는 아무것도 보지 못한다. 아무것과도 만나지 못한다. 그 순간 모멸이 있다. 나의 눈은 안으로 닫혀 있는가. 또는 눈은 밖으로 열리기를 거부하는가.

본다. 정신과 몸이 일치할 때. 일치한 몸과 정신은 아무것도 요구하지 않는다. 그곳에는 분별이 없다. 분별이 없으니 감정도 판단도 의식도 없다. 다만 본다는 감각만 있다. 무의식만 있다. 정신도 몸도 실용성을 벗어날 때, 무용해졌을 때, 무엇을 본다. 세계를 본다. 본다는 행위는 시각을 넘어 어느 순간은 존재하고 있다는 유일한 확인이다. 나는 그렇다.

'사과'의 탄생

대학 때 우연히 갤러리에 다니게 됐다. 사람이 많은 곳에서 움직이는 것을 힘들어하고, 신경이 부실해서 소리를 잘 못 듣는데 대부분의 갤러리는 사람도 없고 조용했다. 특히 오전 아무도 없는 갤러리 안에서 미술 작품을 마주할 때 세계가 하나씩 열리는 것 같았다. 세계와 나의 독대, 이럴 수도 있는 거구나, 벽을 문으로 바꾸는 혼자만의 비밀을 가지게 되었다. 그리고 과분한 그 시간은 내게 모험심을 가져다주었다. 그림을 보며 갤러리에서 한참을 있다 나오면, 현실도 그림이 되었으므로 밖의 현실이 낯설었다. 낯선 현실, 어느 곳도 현실이 되지 않는 무중력이 좋았다. 그 무중력의 지점에서 시가 보였다. 현실이 비현실로 바뀌는 지점에서 나타나는 시.

생각하지 않고
먼저 본다

생각이 많을 때는 눈이 닫힌다. 아무것도 볼 수 없다. 그럴 때는 먼저 눈을 감는다. 그때부터 눈은 안으로 열린다. 우선 몸 안이 하는 소리를 듣는다. 몸 안의 풍경이 보인다. 대부분 흐리다. 명확하지 않다. 거기는 그런 시간이기 때문일 거라고 생각한다. 잠깐 구체적인 형상이 나타날 때도 있는데 끔찍한 것이 많다. 그러고 나서 눈을 뜨면 밖이 보인다. 몸 안이 고요해졌기 때문이다. 몸 안이 고요해지면 밖이 낯설다. 오욕칠정으로 가득한 눈이 아니라 세계를 세계로 볼 수 있는 눈이 되었기 때문이다. 생각이 많으면 볼 수 없다. 생각이 눈을 막는다. 생각이 사라져야 볼 수 있다. 눈을 감으면 눈은 몸 안으로, 자기 안으로 열린다. 눈을 뜨면 눈은 세계로 향한다. 눈이 밖으로 뚫려 있는 이유? 보라고! 보는 것에 이 세계가, 이 세계가 내게 알려 주고 싶은 비밀이 다 들어 있다고 — 미술이 내게 가르쳐 준 것.

최종적으로는 시각에 닿을 수밖에 없는 미술은 철저히 이미지의 편이다. "나는 내 그림 속에 어떤 사물이 들어 있는가에만 관심이 있으며 그것이 무엇을 의미하는지에 대해서는 관심이 없다."고 한 피카소가 유일하게 의미를, 상징을 담았다고 하는 「게르니카」의 경우에도 이미지가 우선한다. 미술의 운명은 그런 것이다. 조금 과장한다면, 그러나 사실이기도 한, 책 욕심보다 화집 욕심이 더 많은 나는 거의 모든 것을 이미지로 본다. 생각을 먼저 동원하는 경우는 거의 없다.(감정이 과격하지 않은 한은 없다.) 사람도 이미지 속에 놓인 상태로 감각하고 세계도 이미지에 놓인 상태로 감각한다. 물론 그 안에서 완전하게 의미를 배제한다고는 할 수 없다. 이미지가 우선한다는 뜻이다. 시를 쓸 때도 의미가 아니라 이미지가 늘 문제다. 무엇을 말할까가 아니라 어떻게 표현할까가 문제인 것이다. 말은 청각에 닿지만, 표현은 시각에 닿는다. 청각에 호소하는 시적 언술인 진술보다는 시각적인 묘사를 쓰는 것 — 미술이 내게 또 가르쳐 준 것.

이미지는 이미 세계 안에 다 스며 있다. 그러므로 나는 보기만 하면 되는 것이다. 억지로 풍경을 구부리려고 하지 말고 풍경 속에서 발견만 하면 되는 것이다.

쓰지 않고
먼저 그린다

세잔은 정말 지루할 정도로 집요하게 그렸다. 들뢰즈의 표현을 빌린다면, 그것은 "하나의 사과와의 전쟁"이었다. 그 전쟁에서 현대 회화가 탄생했다. 세잔에 대해 피카소는 이렇게 말했다. "사람들은 주의를 충분히 집중하지 않는다. 세잔은 눈앞에 있는 것을 정확히 관찰함으로써 세잔이 되었다. 그가 어떤 나무 앞에 서 있다면 그는 쏘려고 하는 들짐승을 사냥꾼이 바라보듯 그 나무를 뚫어지게 바라본다. ……하나의 그림은 종종 그런 것 이외에 다른 것이 아니다. ……우리는 최대한 주의를 집중해야 한다."

뚫어지게 바라보는 것, 시도 종종 그런 것 이외에 다른 것이 아니다.

언어로 그리는 그림. 추상성이 사라질수록 그림이 된다. 시가 안 될 때 보면 국면을 크게 잡는다. 관념이 많이 들어온다. 그러니까 당연히 구체성이 없어진다. 계속 추상화만 그리고 있다. 그러나 좋은 추상화가 되기 위해서는 최소한의 선과 색, 그리고 하나의 장면을 하나의 장면이게 하는 통일성이 필요하다. 시도 그렇다.

언어를 지우지 않고
여백을 지운다

'개념 예술'을 방법론으로 가진 이우환의 작품을 볼 때마다 드는 이상한 느낌이 있었다. 그는 큰 캔버스의 어느 곳에 단 하나의 작은 점이나 도형을 그려 넣는 평면 작업이나 큰 공간의 어느 곳에 돌 같은 자연 사물을 놓는 설치 작품을 한다. 그의 작품에서 가장 많은 것은 여백이다. 그런데 그의 작품에서 선적이거나 명상적인 지점이 들어서 있지 않다는 것이다. 오히려 그의 여백은 피부처럼 촘촘하다. 빽빽하다. 여백은 텅 빈 공간이 아니라 숨구멍이 빽빽하게 들어찬 곳이라는 느낌으로 다가온다. 그 많은 여백에 여백이 없다! 이우환의 다큐멘터리를 본 적이 있다. 그는 큰 캔버스에 사각형 하나를 그리고 싶어 한다. 창 같기도 하고 벽 같기도 한 작은 사각형 하나. 그는 하루 종일 캔버스의 여기저기에 사각형 모형을 놓아 본다. 놓고 한참을 들여다보고 또 딴 곳으로 이동한다. 이와 같은 반복을 계속하는 이마에 땀이 흥건하고, 그는 저물녘이 되어서야 오른쪽 위쪽에 사각형 하나를 그린다. 그때서야 나는 이상한 느낌에 대한 답을 알게 되었다. 왜 이우환의 작품이 동양적이지도 선적이지도 않은지를, 공간이 공간으로 자리할 뿐 명상으로 바뀌지 않는지를. 관념을 끌고 오지 않는지를. 이우환의 돌은, 도형은 공간을 탄생하게 하는 최소한의 무엇이다. 화룡점정의 순간 공간이 탄생한다. 그러나 그 공간은 그냥 비어 있는 곳이 아니라 여러 시간이 놓여 보고 나서야 만들어진 자리이다. 공간을 사라지게 하는 방식을 통해 공간을 들어서게 하는 방식. 이우환의 작품이 현대성을 가지는 이유. 절의 풍경 소리를 가지고 오지 않고 빌딩의 햇빛을 가져오는 이유. 부재의 방식으로 존재하게 하는 방식이 가능해지는 이유.

세잔의 손

세잔은 30대인 1872년부터 그후 34년 동안 「목욕하는 사람들」 시리즈를 40여 점 정도 그렸다. 사과를, 생트 빅투아르산을 그리고 또 그렸듯이 「목욕하는 사람들」도 그리고 또 그렸다. 세잔이 그린 「목욕하는 사람들」 시리즈에는 기어이 하늘처럼 밝고 가벼운 몸을 가지게 된 여자들도 있고(「목욕하는 사람들」, 1906), 진초록의 숲이 된 여자들도 있고(「목욕하는 여인들」, 1883~1887), 작은 배가 떠 있는 강기슭에서 물결 같은 알몸을 보이고 있는 여자들도 있다(「작은 배와 목욕하는 사람들」, 1890~1894). 그 풍경 속 여자들은 바위와 같지 않다.

나는 숲이거나 하늘이거나 물인 여자들 앞이 아닌 무겁고 부자연스러운 중세적 이미지의 여자들(「목욕하는 다섯 사람들」, 1885) 앞에서 자주 멈춘다. 아니 바위와 같은 이 여자들 앞에서 내 몸은 자주 흔들린다. 그것은 세잔의 손이 여자들을 막 풍경으로 앉히고 있는 바로 그 순간이기 때문이다. 예술은 순결한 성직자와 같다는 것을 실행한 한 예술가가 막 도달하고 있는 어느 한 지점! 여자들에게서 인간이라는 중심이 지워지고 최초의 시간 속으로 되돌려지는 바로 그 순간이기 때문이다. 여자들의 몸은 단단하지도 않게 그러나 부드럽지도 않게 그냥 놓여 있다. 아주 오랜 시간 전부터 마치 그곳에 존재했던 것처럼. 그러나 뿌리의 이미지는 생겨나지 않은 여자들의 발은 여전히 대지에 붙지 못한다. 바로 이곳이 세잔의 손이 놓인 지점이다.

세잔은 여자들이 풍경이 되는 시간을 기다리고 또 기다렸다. 여자들을 급하게 풍경 속으로 들여보내기 위해 덧칠을 하지도 않았으며 여자들의 각기 다른 시간을 함부로 깎아 내지도 않았다. 세잔의 손은 한없이 어루만지는 방식을 통해 여자들의 몸에서 생의 드라마를 다 가라앉혔다. 그리고 어느 한 순간 여자들을 풍경 속에 가만히 내려놓았다. 여자들의 벌거벗은 몸이 놓인 이 시원(始原)은 흐르고 있는 시간이 아니라 세잔의 손이 붙잡아 놓은 시간이다.

풍경이 된 여자들의 각기 다른 생의 포즈는 격렬한 드라마를 가라앉히고 있으나 삶의 얼룩은 지우지 않는다. 얼룩이 없는 것이 아름다운 삶이 아니듯이, 아름다운 그림은 얼룩을 지우지 않는 것이라는 것을 세잔의 손은 보여 주고 있다. 세잔의 그림에는 드라마가 없다. 이 격렬한, 드라마 없는, 자연을 자연에게로 인간을 자연에게로 돌려놓는, 그 최초의 시간으로 돌려놓는 세잔의 손은 얼마나 고독했을 것인가. 그러나 그 고독이라는 열정은 얼마나 뜨거웠을 것인가. 나는 세잔의 방식으로 시를 쓰고 싶어 한다.

나는 부재한다
고로 나는 존재한다
—자화상

제 얼굴을 들여다보고 있는 자는 타오르고 있는 자이다.

타오르고 있는 자는 흐느끼고 있는 자이다.

흐느끼고 있는 자는 더듬거리고 있는 자이다.

더듬거리고 있는 자는 제 얼굴을 들여다볼 수 없는 자이다.

○

시냇물 속에 고깃덩어리를 물고 있는 짐승을 보고 개는 그 고깃덩어리를 향해 입을 벌린다. 그 순간이 제 입의 고깃덩어리가 없어지는 때라는 것을 개는 알지 못한다. 여자는 거울이라는 것을 처음 들여다본다. 거울 속에 늙고 초라한 여자의 얼굴이 들어 있다. 남편이 숨겨 둔 여자가 겨우 저런 얼굴이었다니, 탄식하며 망설임 없이 거울을 덮어 버린다. 제 얼굴을 비추는 존재가 이 세상에 있다는 사실을 여자는 알지 못한다.

○

화장실에서 거울을 들여다볼 때가 있다. 지상의 시간과는 상관없이 60촉의 백열등 불빛이 가득한 거울은 늘 신경증을 앓고 있다. 내가 들여다보는 거울 속에는 불안을 압박붕대처럼 감고 있는 얼굴이 있다. 불안이 울퉁불퉁하게 싸맨 얼굴이 미끄러운 거울에서 전류처럼 흐른다. 벌어지고 있는 입속은 온통 짙은 어둠이다. 나는 어둠에 삼켜진 저 얼굴을 알고 있는가.

○

제 얼굴을 들여다보는 자의 시선은 밖을 향해 있지 않고 안을 향해 있다. 그러므로 제 얼굴을 들여다보는 자는 눈먼 자이다. 눈먼 자의 모든 사방은 한순간에 삭제된다. 오로지 하나만 남는다. 제 안의 어둠.

눈먼 자는 더듬거리는 자이다. 더듬거리는 자는 들여다

보는 자가 아니라 만지는 자이다. 그 방식은 거침없는 것이 아니라 한없이 느리고 조심스럽다. 더듬거리는 그곳에 최초의 시간들이 존재한다.

○

머리는 덩어리다. 덩어리를 뚫고 나온 욕망이 얼굴이다. 늘 욕망이 먼저 움직이고 그 욕망을 따라 몸이 움직인다.

머리는 공간의 문제다. 머리는 들여다보지 않는다. 얼굴은 공간에 들이닥친 시간의 문제다. 얼굴을 들여다보는 일은 시간이라는 유일한 현존과 정면으로 맞닥뜨리는 것이다.

머리는 몸의 존재 방식이다. 얼굴은 영혼의 존재 방식이다.

○

어느 영화에서 관 속에 눕힌 시신 위에 동전을 얹어 준다. 환각증상으로 50여 년을 정신병원에 살며 작업을 하는 야요이 쿠사마는 동전 모양의 부적으로 제 눈을 가리고 사진을 찍는다. 참선하는 스님들은 입이 닫히고, 밀턴은 눈이 닫히고, 고야는 귀가 닫힌다. 욕망의 기관이 닫힌 그곳에서 세계가 열린다. 닫힌 것의 어둠이 유일한 경전이 되는 세계.

○

창이 서서히 밝아진다. 어둠은 제가 난 아들들을 차례로 먹어치우는 사투르누스처럼 제 몸을 삼키고 있다. 갓 태어난 연한 허리를 두 손으로 움켜쥐고 아기의 머리와 팔을 삼키고 있는 프란시스코 데 고야(Francisco de Goya, 1746~1828)가 그린 사투르누스(1821~1823). 크게 벌어진 눈과 입을 가진 사투르누스의 얼굴은 분명 신의 것이 아닌 인간의 것이다. 욕망은 공포쯤은 쉽게 삼킨다. 잔인할 만큼 차분한 것이 욕망이다. 내 얼굴을 어둠이 삼킨다. 그러므로 내 얼굴은 어둠의 것이다. 새벽마다 내 얼굴을 사투르누스가 먹어 치운다. 창이 환해진 순간 얼굴이 사라진다. 피 냄새는 시간의 신인 사투르누스의 것이지 내 것이 아니다.

○

죽은 아버지의 얼굴에 내 얼굴이 닿는다. 모습은 나타내지 않는 아버지의 얼굴 감촉만 느껴진다. 아직도 술이 취해 어둠 속을 돌아다니는지 아버지의 얼굴은 좀 차다. 꿈에서 깨어

나도 그 감촉이 생생하다. 아버지의 얼굴은 내 얼굴에 지문처럼 붙어 다니는 것이다. 아버지의 얼굴과 내 얼굴은 아주 깊은 어둠 속에서만 분리된다.

○

밝은 곳에서 마주치는 내 얼굴은 낯설다. 잠깐 봄날의 잎들처럼 반짝이고 있는 얼굴은 도무지 낯설다. 균열된 곳 하나 없는, 그 숨 막히는 인공 낙원에서 어둠으로 꽉 찬 내 얼굴은 도대체 무엇을 하고 있는가.

○

자화상, 스스로 파는 무덤, 스스로 파헤치는 무덤. 한번 파헤친 것들은 다시 밀봉할 수 없다. 자화상을 그리는 자는 제 얼굴을 제 손으로 파헤치는 자이다. 그 시간의 화상(火傷)으로 사는 자이다. 화상은 굳어 버린 시간의 파도다. 자화상은 반성의 덕목이 아니라 선언이다.

○

자화상을 그린 화가는 많다. 베레모를 살짝 눌러쓴 젊은 시절의 렘브란트는 한쪽은 조금 어둡고 한쪽은 빛이 번져 나오는 속에서 자신의 얼굴이 나타나도록 했다. 일몰 속인 듯 보이나 한참 들여다보고 있으면 일출 속이다. 렘브란트는 제 얼굴에 곧 빛이 될 어둠을 드리우는 것을 잊지 않은 것이다. 고호의 손은 「붕대를 감은 자화상」에서 그 특유의 꿈틀거리는 폭발음을 가라앉혀 놓았다. 제 손으로 제 귀를 자를 때 이미 비명과 화염이 터져 나갔기 때문이다.

○

바라보는 자로서의 시선은 별것 아니다.
견디는 자로서의 시선도 별것 아니다.
부딪치는 자로서의 시선은 타오른다.
타오르는 폭풍이며 타오르는 파도다.
부딪친다는 것은 제 안의 물로 제 안의 바람으로
불꽃을 만들어 내는 일이다.

○

프랜시스 베이컨(Francis Bacon, 1909~1992)과 마크 퀸(Marc Quinn, 1964~)은 제 얼굴을 들여다본다. 그것도 반복해서 들여다본다. 베이컨은 1970년대부터 자신의 얼굴을 사진으로 찍어 그리고 또 그린다. 캔버스에 진득진득한 유채 물감으로 그린다. 얼굴에는 빗자루와 스펀지, 손자국도 함부로 지나간다. 명백하게 베이컨의 뿌리를 이어받고 있는 퀸도 반복해서 제 얼굴을 들여다본다. 퀸은 1991년부터 평면 작업이 아닌 석고로 직접 캐스트한 자신의 머리에 자신의 피를 쏟아 붓는 방식으로 작업한다. 자신의 몸에서 조금씩 피를 뽑아 인간 몸의 총 혈액량인 4리터를 모은다. 그리고 모아진 그 피로 5년마다 한 번씩 작업을 한다. 이렇게 만들어진 작품은 영하 14~15도의 냉동 장비로만 그 형태를 유지할 수 있다.(영국 사치 갤러리의 대표인 찰스 사치가 소장하고 있던 1996년에 만들어진 두 번째 「자아(Self)」는 청소부가 실수로 전원 코드를 뽑아 버리는 한순간에 작품으로서의 형태를 상실했다.) 지금까지 세 번 이 작업을 한 퀸은 죽을 때까지 이것을 반복하겠다고 선언했다.

○

베이컨의 얼굴(「자화상」, 1971)은 어둠 속에서 떠오른다. 이 어둠은 물의 이미지를 갖고 있다. 베이컨의 얼굴은 물에 오래 잠겨 있던 얼굴이다. 그러나 어둠의 물에서 떠오른 이 얼굴은 불어 터지지도 부패하지도 않았다. 어둠이 얼굴이고 얼굴이 어둠이다. 어둠의 물이 만들어 낸 파도가 이미 왼쪽 얼굴로 들이닥쳤는데도 얼굴은 파도와 함께 살고 있다. 그러므로 이 얼굴은 타오르고 있는 파도다. 뜨거운 어둠 속으로 구부러진 시선에서 흐느낌이 새어 나온다. 빛이 들어온 흔적도 빛에 닿았던 흔적도 없는 이 얼굴의 박동은 흐느낌이다. 흐느끼는 자는 어둠을 사는 자이다. 흐느낌이 새어 나오고 있는 것은 약간 벌어져 있는 입이 아니다. 흐느끼는 자는 비명을 몸 밖으로 꺼내지 않는다. 묵언이란 하지 않을 말뿐 아니라 할 말도 몸 밖으로 꺼내지 않는 것이다. 묵언의 이 얼굴은 하데스의 것이다. 형제인 제우스가 하늘을, 포세이돈이 바다를 거느릴 때 하데스는 어둠을 거느렸다. 어둠은 대지의 것이다. 죽은 것들의 시체가 가득 찬 대지에서 씨앗들이 발아한다. 베이컨의 얼굴은 타오르며 흐느낀다. 발아할 수 있는 씨앗들은 그곳에 가득하다.

○

투명한 사각의 냉동 유리 상자 안에 자신의 피를 뒤집어 쓴 퀸의 머리가 있다.(「자아」, 2001, 이 작품은 그것을 구입한 천안의 아라리오 갤러리에 상설 전시되어 있다.) 전원 코드에 꽂힌 머리에 새겨진 얼굴은 두 눈을 감고 입을 다물고 정면을 향해 있지만, 어느 방향에도 닿아 있지 않다. 보는 각도에 따라 피의 색은 조금씩 달라지며 그러나 어느 각도에서나 피는 모래처럼 반짝인다. 눈과 입을 닫아 버린 퀸의 얼굴은 어둠에 삼켜지고 있다. 얼굴은 제 안의 어둠이 자신을 먹고 있다는 것을 안다. 피로 밀봉한 얼굴은 어둠을 제 안으로 몰고 올라와 스스로 폭풍이 된다. 폭풍은 가라앉는 순간 사라진다. 끓어오르는 것만이 폭풍의 유일한 존재 방식이다. 폭풍은 밖으로 부는 것이 아니라 제 안으로 분다. 그러므로 퀸의 이 얼굴에 드리운 고요는 폭풍이 휩쓸고 간 후의 것이 아니라 폭풍으로 타오르는 내부를 가진 존재만의 것이다. 무거우나 불투명하지는 않고 진지하나 자의적이지는 않은 이 얼굴 깊은 곳에서 삶이 경작되고 있는가. 다른 무엇이 아닌 자신의 피를 선택함으로써 폭풍이 된 퀸의 얼굴이 그 대답이다.

○

베이컨과 퀸의 자화상을 보면 즉각적으로 뒤범벅된 피 냄새와 살 냄새가 진동한다고 느낀다. 그러나 다시 한번 보면 그들의 자화상에서는 아무 냄새도 나지 않는다. 분명 터지고 문드러진 피와 살이 난폭하게 뒤엉켜 있는데, 뒤엉켜서 굳지도 않고 있는데, 아무 냄새도 나지 않는다. 베이컨과 퀸은 얼굴의 어느 곳에다 그것을 숨겼단 말인가.

고름처럼 뒤엉킨 베이컨의 얼굴이 충격적인가. 영하 15도에서 자신의 피를 유지시키는 퀸의 얼굴이 충격적인가. 충격을 말한다면 갤러리의 한복판에 나체로 부활시킨 론 뮤익의 「죽은 아버지」는, 실물 상어를 포름알데히드를 담은 수족관에 넣고 「살아 있는 자 마음속의 죽음의 물리적 불가능성」이란 제목을 붙인 데미안 허스트의 작품은 또 어떤가. 충격은 더 이상 현대 예술의 코드가 아니다. 충격을 도구로 삼은 작품에서는 본질에 가닿는 핵이 만져지지 않는다. 베이컨과 퀸의 얼굴 앞에서 얼어붙은 듯 멈추게 되는 것은 그 얼굴이 바로 지금 여기와 지금 여기를 사는 우리를 묻고 있기 때문이다. 어느 틈으로도 시선이 빠져나가지 못하게 한 채 계속해서 '현존'을 묻고 있기 때문이다.

○

베이컨과 퀸의 얼굴에는 '검은 그림'을 그린 고야의 피가 흘러들어와 있다. 고야의 얼굴(「자화상」, 1815)은 이미 어둠에 잠식당하고 있다. 보르헤스가 반세기에 걸쳐 시력을 잃었던 것처럼 아주 천천히 어둠에 잠기고 있는 고야의 얼굴은 차분하고 고요하다. 청력을 잃어 욕망이 닫힌 고야는 얼굴이 맨 처음 태어난 곳이 어둠이라는 것을 알게 된 것이다. 그러므로 고야가 그린 유령인 듯 해골인 듯 보이는 무수한 얼굴들이 충격적인 것은 그들이 무차별적으로 삶에 습격당한 얼굴이어서가 아니다. 인간의 야수성과 광기를 드러내 보이고 있어서도 아니다. 어느 상황에 놓여 있듯 그 얼굴들의 태생이 죽음이라는, 존재의 본질을 드러내고 있기 때문이다. 베이컨과 퀸의 얼굴이 충격적인 것도 같은 맥락이다. 자학과 잔혹과 광기가 분출되고 있어서가 아니라 죽음을 살아가는 것이 삶이라는 것을, 그리고 스스로 타오르는 시간이 될 때만이 그 피할 수 없는 죽음(死)이 삶(生)으로 바뀐다는 것을 포착해 냈기 때문이다.

○

한곳이라는 말은 어느 곳에도 다른 길이 없다는 뜻이다.

선택이 더 이상 존재하지 않는다는 뜻이다. 하나는 반복된다. 반복은 패턴이다. 패턴은 습관이며 기계적인 것은 의외성을 갖지 못한다. 하나를 반복하는 것은 셰에라자드의 운명보다 더 가혹한 것일 수 있다. 반복이 용납되지 않는 셰에라자드의 시간에는 속도와 긴장이 있다. 그러나 패턴이 되지 않는 하나의 반복에는 참선의 시간만이 깃든다.

베이컨과 퀸의 얼굴에 참선의 시선인 응시가 스며 있는 것은 이 때문이다. 참선은 온전한 자기의 박동과 체온으로 타오르지 않고는 지속되지 않는다. 그 한없이 느리고 고요한 시간은 그러므로 폭풍의 시간이며 파도의 시간이며 타오르는 시간이다. 그러나 그 뜨겁고 숨 막히는 유일한 현존을 사는 얼굴은 비명을 지르지 않는다. 흐느끼며 어둠이 되어 가는 얼굴을 한없이 더듬는다. 그러므로 이 반복은 패턴이 되지 않는다. 화염의 시간이, 화염의 시간을 내내 흐느끼며 더듬는 얼굴이 어떻게 패턴이 되겠는가. 베이컨과 퀸의 얼굴은 반야심경 261자를 새겨 넣은 쌀 한 톨과 같다.

○

손으로 입을 틀어막고 울 때가 있다. 손은 분명 입을 틀어막고 있는데 울음소리가 멈추지 않는다. 울음소리는 입에서 나오는 것이 아니라 어두운 먼 곳에서부터 끌려 올라오고 있다. 외딴 곳의 물풀처럼 천천히 끈적거리면서. 이 지상에서 가장 낯선 짐승의 흐느낌을 듣는 순간이다.

○

"천천히 어둠이 밀려든다."라는 문장은 내 얼굴에 닿는 순간 "천천히 죽음이 밀려든다."라는 문장으로 변한다.

불꽃은 어둠을 만든다는 문장은 참이다. 어둠은 불꽃을 만든다는 문장도 참이다.

○

얼굴은 벼랑에 새겨진 글씨다. 비바람에 글씨가 닳듯이 얼굴도 닳는다.

얼굴이 손금처럼 복잡해진다. 지나간 시간도 얼굴에 다 들러붙어 있다.

시간의 벼랑에서 얼굴이 풍화해 간다. 시간도 세계도 외마디인 것이다.

○

탈을 쓴 얼굴이 맨얼굴보다 더 진짜라고 생각되는 것은 탈장된 욕망, 오욕칠정의 바로크가 거기에 있기 때문이다.

○

왼쪽 얼굴에서는 남자의 목소리가 오른쪽 얼굴에서는 여자의 목소리가 나오는 아수라 백작, 하이드의 영혼을 데리고 사는 지킬 박사, 골렘, 거미 인간 스파이더맨, 태생적 성 정체성의 흔적을 간직한 채 다른 성이 된 몸들, 짐승의 흔적을 벗겨 내지 못한 반인반수들……에게 내가 끌리는 것은 이들이 모두 부재함으로써 존재하기 때문이다. 어느 한 세계에도 온전히 속할 수 없는 운명을 가진 존재들은 부재만이 유일한 존재 방식이기 때문이다.

인간의 시간을 지우지 못하는 내 운명 또한 이들과 같다. 비유적으로 말한다면, 나는 인간이었던 것을 기억하는 사이보그다. 나는 단단한 것들, 물기가 없는 것들, 뿌리가 없는 것들 쪽으로 열린다. 그러나 220볼트용으로 개조된 몸을 가지고서도 물렁한 것들, 축축한 것들, 뿌리가 있는 것들에게도 느닷없이 몸이 열린다. 이렇게 두 정체성이 충돌하는 나는 울 수도 없는, 땀을 흘릴 수도 없는 한밤의 검은 거울과 같다. 내 삶과 언어는 인간과 사이보그라는 가파르게 균열된 몸의 경계에 있다.

○

불타고 있으며 흐느끼고 있으며 더듬거리고 있는 것이 언어다. 언어는 반영이 비치는 거울을 가지고 있지 않다. 언어는 에코다. 몸은 갈기갈기 찢겨 대지에 뿌려졌고 목소리는 사방에 흩어져 다른 사람의 끝말만 되받아 반복하는 에코다. 에코의 찢겨진 살점을 찾아내 제 살로 깁는 일, 반복되는 끝말에서 새살이 돋도록 제 살을 떼어 주는 일, 언어에 미친 자만이 그 일을 하고 싶어 한다.

방에 앉아
방을 궁금해하다

방은 살덩어리다. 들어가면 언제나 물컹하다. 울고 싶어진다.

○

나는 지금 방에 있다. 좀 더 정확히 말하면 방의 책상 앞 의자에 앉아 있다. 맨발은 방바닥에 닿고 몸의 일부는 의자에, 또 몸의 일부는 허공에 있다. 의자는 내 몸을 자신의 모양대로 구부리고 방의 내부인 허공은 내 몸을 언제나 있는 그대로의 모양으로 받아 준다. 그래서 나는 방이 어렵고, 방이 편하고, 방 안에서도 방이 그립고, 그래서 나는, 방을 떠나고 싶기도 하다.

○

내 방은 정사각형이다. 입구에 둥그런 손잡이가 앞뒤로 똑같이 붙은 여닫이문이 하나 있다. 열리고 닫히는 문이다. 손잡이가 있어 잠기기도 하는 문이다. 이 문을 열고 방 안으로 들어오면 언제나 그곳에 천장과 바닥과 벽과 창이 있다. 천장의 한가운데에는 누워서 올려다보면 내가 비치기도 하는 둥근 등이 하나 붙어 있다. 흰 형광등 불빛이 가득 들어차면 나는 그곳에서 사라진다. 방의 두 면에는 책꽂이가 있다. 벽은 책꽂이에 꽂힌 책들이 바라보는 세계여서 책들의 내부는 그쪽으로 열린다. 책처럼 고요하지 않은 나는 열리는 벽인 창 앞에 책상을 놓았다. 좀처럼 풍경을 바꿔 주지는 않아도 하늘이 보이고 허공이 보이기 때문이다. 책상이 차지하고 남은 창가의 귀퉁이로 가서 창을 열기도 하고 한동안 밖을 쳐다보기도 한다. 그러나 창의 커튼을 하루 종일 열지 않을 때도 있다. 창은 내게 세계의 통로인 동시에 세계라는 벽의 확인이기도 하다.

방 안의 문을 열면 세면대와 변기가 들어 있는 화장실이 있다. 그곳도 하나의 세계여서 양변기에는 비데가 장착돼 있고 세면대 위에는 거울이 달려 있다. 사방이 타일로 되어 있는 그 세계는 미끌미끌하고 차다. 나는 거의 그 문을 열어 놓고 지낸다. 그 문을 열어 놓고 물도 마시고 음식도 먹는다. 막막하거나 생각이 막힐 때는 의자를 돌려 그곳을 한참 쳐다본다. 늘 조금은 어둑어둑한 곳에 있는 변기를 볼 때마다 냄새가 사라진 세계를 생각한다.

○

나는 방에 앉아 방을 궁금해한다. 사실적이고 간결한 구조의 방을 사유하면 사유할수록 방이 더 궁금하다. 방에 앉아 '방'이라고 발음해 본다. '방 — '은 길게 발음되며 그 순간 입안에도 둥글게 방이 생긴다. 입안에 생긴 방도 벽에 둘러싸여 있다. 창밖을 쳐다본다. 숨통 하나 없는 완벽한 벽인 하늘이 거기에 있다. 이 지상은 들어오고 나가는 문이 보이지 않는 단 하나의 완벽한 방이기도 하다.

다시 '내 방'이라고 발음해 본다. '방'이라고 발음할 때는 여유 있는 방이 들어섰는데, '내 방'이라고 발음하니, 짧게 끊어지며, 안이 빽빽하다. 무엇이 안을 비좁게 만들었는지는 모르지만, 가득 차 있어 못마땅하다. 애착이 아니라 집착이 느껴진다. 그러나 내 방이 아닌 곳은 내 것이 아니다.(소유의 문제가 아니라 실존의 문제로서 말이다.) 나는 내가 '사는' 내 방에게 자유를 주고 싶다. 나는 내 방을 비우고 싶다.

○

베르나르 포콩(Bernard Faucon, 사진가, 1950~)의 「빈방(Chambre vide)」. 이 빈방에도 한동안 누군가가 머물다가 간 흔적이 있다. 가느다란 금이 벽에 스미고 군데군데 얼룩이 있다. 벽의 오른쪽 위에는 무엇인가를 걸었다 뜯어 낸 흔적도 있다. 그러나 포콩은 성탄절도 아닌데 이 벽을 가로질러 은색 반짝이를 두 줄 매달아 주었다. 그리고 조화인지 말린 생화인지는 확실치 않지만 원형을 간직하고 있는 아이보리 색 꽃을 오른쪽 벽에 매달아 놓았다. 옆의 벽에는 아무것도 걸지 않은 장식용 못이 붙어 있다. 포콩의 이 방 역시 기억 속에서 오랫동안 빈방으로 남아 있던 곳이다. 떠올릴 때마다 온몸이 쓰라렸을 시간을 지난 후에 다시 불러낸 방이다.(잊지만 않는다면 다시 불러낼 수 있다.) 그러므로 지금 기억 속에서 비어 있는 방은 여전히 타오르고 있는 하나의 불꽃이다. 활활 타오르는 것이 아니라 사라지는 제 시간 안에서, 사라지는 제 시간으로, 타오르는 불꽃이다. 그러므로 빈방은 비어 있는 것이 아니라 적멸의 힘으로 타오른다. 타오르는 빈방을 가진 자는 온몸이 쓰라리다.

○

방 안에서 방 밖을 바라볼 때는 익숙하다. 그러나 방 밖에서 방을 쳐다볼 때는 낯설다. 멀다. 그리 멀지 않은 곳에서 쳐다봐도 멀다. 열린 문 안으로 방을 들여다볼 때도 낯설다. 완전히 닫힌 방문을 방 밖에서 바라보고 있으면 숨이 막힌다. 그 자리에서 몸도 마음도 저려 꼼짝하지 못하겠다. 문이 완전히 닫힌 방문 앞에 서면 분명 내가 조금 전 그곳에서 나왔는데도 도저히 그곳이 비어 있다고 생각되지 않는다. 벽으로 둘러싸인 그 안에, 어느 한곳을 가만히 응시하는 누군가가 있다고 생각된다. 아니 느껴진다. 완전히 닫힌 문 앞에서는 문이 들고 나는 기능을 하는 곳이라는 생각이 들지 않는다. 그럼에도 불구하고 다시는 내가 열 수도 없고 열리지도 않을 것 같은 문 앞에 있는 순간은 공포의 시간이 아니라 참회의 시간이다. 고통이 온몸을 엄습하는 것이 아니라, 닫힌 문 안에 있을 그에게, 닫힌 문 안에서도 고요를 잃지 않을 그에게, 끝도 없이 용서를 빌고 싶다.

○

여기, 랄프 깁슨(Ralph Gibson, 사진가, 1939~)이 포착한,

조금 열린, 아니 끝내 다 닫히지 않는 문이 하나 있다(Hand Through Door). 문에는 동그란 손잡이가 하나 있고 그 손잡이에 이제 막 오른손이 닿고 있다.(아직 닿지는 않고 막 닿으려는 순간이다.) 문은 새어 나오는 신음처럼 열린 것도 아니고 그렇다고 세계의 배후를 없애며 활짝 열린 것도 아니다. 하나의 손이 손잡이를 잡을 만큼만 열려 있다. 아니 손잡이에 닿으려는 손을 가리지 않을 정도로 닫히지 않고 있다. 다 닫히지 않은 문은 바닥에 대각선으로 빛을 만든다. 문으로 오는 곳까지는 넓고 탁 트인 공간이 아니라 그리 넓지 않은 복도가 있다. 복도의 벽과 벽 사이의 넓이가 문의 크기다. 열린 문틈으로 손목까지만 내민 손은 열린 문을 더 열려는 손이다. 문을 닫기 위해서는 문의 뒤쪽으로 손이 갔어야 하리라. 문 안이 어떤 방인지, 이 손을 가진 사람이 어떤 생을 살았는지는 알 수 없다. 몸은 보이지 않고 다만 벽에 비친 손 그림자는 갈고리 같기도 하고 뼈만 남은 채 달려드는 동물의 다리 같기도 하다. 빛 속에서 그림자는 풍성해지는 것이 아니라 앙상해진다. 그러나 손보다 그림자가 더 실체에 가깝다고 생각된다. 손잡이에 닿고 있는 앙상한 손은 다급하지 않다. 이 문은 닫혀 있던 문이 아니라 내내 그만큼 열려 있던 문이기 때문이다. 우리는 그 누구도 문을 완전히 닫고 싶어 하지 않는다. 인연이 있는 방이라면 더더욱 그렇다. 문에는 언제나 닿으려는 손이 있고 손은 언제나 문에 닿고 싶어 한다. 우리의 생은 언제나 조금 더 문을 열려는 손이다.

○

방은 육체적, 심리적, 개인적, 사회적 시간과 모두 연결되어 있다. 방의 탯줄은 여러 개다. 그러나 어느 한쪽을 잘라 버려도, 잃어버려도 살아갈 수 있다. 아니, 어느 한쪽만 남는다면 그 방은 불균형이 되는 것이 아니라, 단호한 하나의 중심을, 외침을 가지게 되는 것이다.

○

방은 몸의 메타포다. 나는 방을 잊지 못하는 것이 아니라 몸을 잊지 못하는 것이다.

○

초원을 배경으로 선 얼굴이 붉은 사내가 "내겐 낙타 다섯 마리, 당나귀 열 마리가 있어요."라고 말하던, 다큐멘터리의 한 장면이 떠오른다. 한곳에 머무르지 않고 별을 따라 이동하며 사는 유목민을 낭만적으로 생각해서가 아니다. 떠나고 싶을 때 어디로든 떠나는 유목민을 자유롭다고 생각해서도 아니다. 낭만과 자유의 유목민은 광고 이미지일 뿐이다. '유목민'라는 이미지의 속은 텅 비어 있다. 지금은 '신유목의 시대'이다. 21세기를 사는 우리는 어디에서든 위치 추적이 가능한 휴대폰으로 연결되어 있지 않으면 불안해서 못 사는 '디지털 노마드'일 뿐이다. 우리는 정해진 방이 없이 모든 위험에 고스란히 노출된, 떠나고 싶을 때가 아니라 떠날 수밖에 없는, 진정한 유목민이 아닌 것이다. 앞의 사내와 똑같이, '너는 무엇을 갖고 있느냐?'는 질문을 받으면, 나는 어떤 대답을 할 수 있을까. 유목민의 삶에서, '낙타 다섯 마리, 당나귀 열 마리'는 재산이며 공존이기도 하지만, 삶을 이끄는 주술이기도 하리라.

○

안규철(설치 미술가, 1955~)이 만든 방에는 방 안 가득 서로 엉킨 각목이 버티고 있다. 천장부터 바닥까지 기묘하게 얽혀 있는 각목과 그림자 들로 방 안은 그야말로 발 디딜 틈이 없다. 의자, 침대, 책상도 각목 사이에 끼여 천장 가까운 곳까지 들어 올려져 있다. 가구들은 이 각목이 뒤엉킨 방을 빠져나올 수도 없다. 안규철이 이 방에 붙인 제목은 「흔들리지 않는 방」이다. 처절한 것은 흔들리지 않는 방을 가로지르는 각목들이 아니라, 각목들을 붙잡고서라도 사라지지 않으려고 안간힘을 쓰는 가구들이다. 이미 방은 떠오르고 있는데, 각목들에게 묶여서라도 존재하고 싶어 하는 저 외침들이라니! 흔들리지 않는 방은 흔들리는 방이다. 흔들리지 않기 위해 안간힘을 쓸수록 더욱 흔들리는 것이 삶이다. 나는 이 가구들을 두고, 우리는 이미 이 방을 탈출했다고 믿고 싶다. 흔들리지 않는 방은 우리의 내면이 아니라 한때의 내면이었다고 믿고 싶다.

○

방의 물건을 계속해서 없애는데도 물건이 줄어들지 않는다. 간소해지지 않는다. 잃어버릴 것도 없으면서 잃어버릴까 봐, 삶을 겁내기 때문이다. 방을 보는 내가 간소해지지 못하기 때문이다.

○

내가 지금까지 머물렀던 방은 몇 개가 될까. 세어 보려다 이내 그만둔다.

○

초등학교를 다니던 내내 나는 안방 중간방 작은방이 나란한 집에 살았다. 중간방 앞에 마루가 붙어 있고 왼쪽의 작은방 앞에 또 쪽마루가 붙어 있었다. 작은방은 잘 사용되지 않았다. 내 방이 갖고 싶었던 나는, 어느 겨울날 냉기가 가득한 그 방에 내 물건들을 갖다 놓기 시작했다. 고작해야 문구용품, 만화 잡지 같은 것들이었고 이것저것을 그리고 오려 붙인 전지를 벽에 붙여 놓은 것이 전부였다. 나는 내가 꾸며 놓은 방에서 생활하지는 못했지만, 종종 들어가 보곤 했다. 그런데 얼마 지나지 않아 내 방을 갖는다는 것이 그리 좋은 일만은 아니라는 사실을 알게 되었다. 내 것으로 둘러싸인 방에 있으면 외로워질 수 있다는 것을 안 것이다.

○

최초의 방이 자궁이라면, 최후의 방은 무덤인가. 방은 삶과도 연결되며 죽음과도 연결된다. 그러므로 방은 삶이며 죽음이다. 그러므로 삶은 죽음이며 죽음은 삶이다.

죽음이 삶의 자리를 확인시켜 주듯이, 그러므로 죽음을 생각하지 않고는 삶을 살 수 없듯이, 죽음의 역설이 곧 삶이라는 생각.

○

내가 들어가 비로소 완성되는 방, 무덤.

○

남궁문(화가, 1956~)의 방에는 무덤의 이미지가 선명하다. 문이 없는 방, 밖이 보이지 않는 방은 무덤이다. 어디로도 연결된 탯줄이 보이지 않으니 그곳은 자궁이 아니라 무덤이다. 이 방은 온통 붉은색뿐이다. 타오르는 삶의 신열로 가득한 붉은색은 아니며 절망의 붉은색도 아니다. 붉은색은 피와 닮아 있다. 그러나 피범벅처럼 처절한 이미지는 아니다. 붉은색은 그저 벽이 되고 바닥이 되어 있다. 그리고 벽에 등을 기댄 사람이 하나 있다. 벽에 등을 기대고 있으면서도 양손으로 바닥을 딛고 있다. 고개를 약간 숙인 이 사람의 다른 곳은 다 묻혔는데 안경만 겨우 얼굴 바깥으로 나와 있고 왼쪽 다리를 구부려 길게 뻗은 오른쪽 다리에 붙이고 있다. 방에는 벽에 걸린 겉옷 하나와 들어오자마자 벗어 던진 것 같은 양말 두 짝, 그리고 이 한 사람뿐이다.(남궁문은 이 방의 풍경에 「외출에서 돌아와」라는 제목을 붙였다.) 양말에는 아직까지 어디론가 걸었던 흔적이 묻어 있다. 외출에서 돌아온 이 사람은 외출이 익숙하지 않은 또는 외출을 좋아하지 않는 사람이다. 혼자 기거하는 방안이 더 친숙한 사람이다. 이 사람은 핏빛 방에 잠기지 않으려고 애쓰지 않는다. 가라앉지 않은 안경으로 미래의 시간을 보려고도 하지 않는다. 이 사람은 방과 함께 오래 절망하고 오래 울고 오래 웃은 사람이다. 삽시간에 퍼진 이 핏빛 공기는 방 밖에서 묻혀 들어온 것이지 이 방의 것이 아니다. 이 사람은 늘 하던 대로 벽의 못에 외투를 벗어 걸고 양말을 벗어 놓고 방에 기댄다. 이제 곧 이 방을 잠식하려 들었던 붉은 공기는 사그라지리라. 이 한 사람은 다시 창도 문도 없는 이 방에 누우리라. 벽을 보며 벽 밖을 그리워하지 않으리라. 방이 자궁이라는 것을, 방이 무덤이라는 것을 아는 이 사람은 편히 누우리라. 목매고 싶던 시간도, 문밖으로 걸어 나갈 때마다, 몸은 납작해진 채 방 안에 남아 있고 그림자만 나가던 시간도, 실금처럼 들어오는 빛이 맑은 날이라는 것을 알려줄 때 몸을 웅크린 채 빛 쪽으로 등을 돌리고 누워 있던 시간도 다 지나온 이 사람은, 자신이 벗어 던진 것이 양말이 아니라 발이라는 것을 안다. 사회적 발이라는 것을 안다.

○

날이 어둑어둑해지고 불빛이 하나둘 켜질 때, 운전을 하다 보면 계속해서 길이 나온다는 것이 신기하다. 흐리고 위태로운 불빛을 따라 걸었는데 다시 방이 나온다는 것이 신기하다. 이것은 내가 이것들에게 돌아올 수 없는 날이 온다는 것을 의미한다.

○

방을 생각하면서부터 악몽을 꾸는 횟수가 늘어 간다. 악몽은 실체를 보여 주지 않아서 악몽이다. 분명 불편하고 고통스러운 꿈을 꾸었는데 깜깜한 새벽 눈을 뜨면 꿈의 실체는 생각나지 않는다. 일어나서 벽에 등을 기대는 새벽이 늘어 간다. 가만히 막막함 속에 있는 시간이다.(나는 내가 벽에 기대고 있음을 안다.) 나도 벽도 어둠뿐인 시간이다. 어둠의 시간이 아니라면 나는 방의 벽에 등을 기댈 수 없다. 어둠이 아닌 시간에 벽에 등을 기대고 있는 날이면 몸이 주르르 허물어져 내릴 것 같다. 그러고는 흔적도 없이 휘발될 것 같다. 어둠은 나를 휘발시키지 않는 보호막 같은 것이라고 나는 믿는다. 온통 어둠을 껴안은 벽도 그렇게 믿는 모양이다.

○

이상(李箱)의 언어를 빈다면, "나갈 길이 없는" 방에, "내 출혈이 뻑뻑해 온다." 그러나, 아니 그러므로, 방이여, "날자꾸나. 다시 한 번만 날자꾸나."

피 묻힌 손은 보여 주지 않는다

조지 시걸, 프랜시스 베이컨, 그리고 파블로 피카소, 이 세 화가의 작품에는 모두 '인간'이 등장한다. 인간이라는 말의 구체적 현실인 '몸'을 시걸은 벗겨 내고, 베이컨은 흘러내리게 하고, 피카소는 찢는다. 한순간이라도 머뭇거리거나 주저하지 않는 단호한 방식을 통해서이다. 피비린내로 물컹거리는 인간의 몸을 그렇게 하는데, 이들의 손에, 몸에 피비린내가 안 묻었을 리 없다. 오래전부터 질기게 매달려 있던 세계의 탯줄을 끊어 내는 데 두렵지 않았을 리 없다.

그러나 피비린내의 고독에서 단 한순간도 놓여났을 리 없는 이 세 화가가 해체해 놓은 몸 어디에서도 피의 비명이나 절규, 아니 신음 소리도 들려오지 않는다. 다만 오랜 탯줄을 끊고, 표정과 의미를 지운 몸이 존재할 뿐이다. 더욱 해체된 몸은 해체된 방식 그대로 몸을 견딘다. 몸 바깥으로의 이탈은 없다. 인간의 몸은 출구 없는 미로이며, 그러므로 인간의 몸은 곧 세계이며, 세계의 현실이라는 것을 보여 주고 있는 것이다. 각각의 방식으로 해체된 몸이지만, 절대 그 사실적 형상을 지우지 않는다는 점에서 그것은 확인된다.

이들은 현실을 견디면서, 그러나 "현실보다 더 현실적인 형상"을 구하기 위해, 가장 고통스러울 수밖에 없는, 가장 외로울 수밖에 없는 방법으로 인간의 몸을 해체시킨 것이다. 그러므로 이 세 화가를 통해 우리가 만나고 있는 아무 표정도 없고 건조하고 딱딱한 인간은 모두 고통스럽고 고독하다. 그토록 많은 상처와 비명과 절규를 내부로 삼키고 있기 때문이며, 그런 미로의 몸에서 지금과 여기를 살고 있는 우리가 울고 있기 때문이다.

단호하게 눈과 입을 내부로 잠그고 있다

—「네 개의 벤치에 앉은 세 사람」

조지 시걸은 몸을 벗겨 낸다. 남김없이 벗겨 낸다. 그 벗겨 내는 방법은 양파의 그것처럼 한 꺼풀 한 꺼풀 벗기는 것이 아니다. 짐승의 가죽을 사정없이 벗겨 내는 도살자처럼 그야말로 처절하고 냉정한 방식이다.

네 개의 검은 벤치는 두 개씩 서로 등을 대고 놓여 있다. 나무 위에 검은색을 칠한 벤치에서는 철제의 느낌이 난다. 그러므로 바닥에 엉긴 벤치의 그림자에도 철제의 질감이 묻어 있다. 오른쪽 벤치의 끝에는 등을 단단하게 붙이고 있는 한 사내가 뒷모습을 보이며 앉아 있다. 벤치에 닿은 등의 바로 위쪽이 구겨지고 있으며 그림자는 왼쪽의 비어 있는 바닥에 멈춰 있다. 사내의 뒷모습은 완강하다. 사내 옆의 벤치는 벼랑처럼 모두 비었다.

앞쪽의 왼쪽 벤치에는 여자 둘이 앉아 있다. 벤치 끝의 여자는 한 손은 무릎 위의 핸드백 위에 놓고 다른 한 손은 벤치 위에 걸치고 있다. 그림자는 옆의 벽과 바닥에 걸쳐 두고 있다. 이 여자와 조금 떨어진 곳에서 한 여자는 두 손을 제 사타구니 근처에 포개놓고 앉아 있다. 여자의 그림자는 옆의 여자 다리 밑으로 들어가 있고 두 여자는 모두 슬리퍼를 신고 치마를 입었다. 그러나 눈과 입은 모두 안으로 잠겨 있다. 서로 몸이 닿지 않고 시선도 얽히지 않는다.

같은 시간과 공간 안에서 어긋나고 있는 두 여자와 한 사내는 도시에서 여러 날을 살아온 사람들이다. 벤치가 놓인 곳의 바닥은 시멘트이고 벤치 뒤에는 하늘 대신 벽이 있다. 벤치 끝에 위태롭게 앉아 있는 이들은 모든 시간과 공간이 증발한 물체처럼, 희디흰 석고로 되어 있다. 이들의 가죽은 단 한순간에 벗겨졌다. 이들의 몸은 풍부한 자연의 색채가 아니다. 세계와 닿고 있는 이들의 몸은 차가우며 단단하다. 그렇다면 단단하게 굳어진 석고의 몸을 가진 이들은 세계가 아프지 않을 것인가. 장식과 변명이 떨어져 나간 이들의 두 다리는, 두 손은, 두 눈은 안 아플 것인가.

그러나 이런 몸으로 사는 제 몸이 쓰라리지 않다면 이들이 눈과 입을 이토록 단호하게 내부로 잠그고 있겠는가. 따뜻한 피가 도는 운명을 가진 이들이 이토록 굳어지기까지는 얼마나 많은 절망과 상처가 필요했겠는가. 지금도 이들의 내부는 가뭄 때의 논처럼 얼마나 따갑게 쩍쩍 갈라지고 있을 것인가. 더군다나 어디서나 마주치는 그런 일상의 자세로 벤치에 앉아 있는 이들은 지금도 여전히 이곳의 우리들처럼 구겨지는 배와 유방과 등을 가지고 있지 않은가.

흘러내릴 수 있는 모든 것은 흘러내린다

—「글을 적는, 거울에 비친 인물」

한 사내가 있다. 이 사내는 벌거벗은 몸으로 둥근 간이의자에 앉아 종이에 무엇인가를 적는 중이다. 이곳은 조금 전 연극이 끝난 분장실일 수도 있고 곧 음악이 울려 퍼질 춤 연습실일 수도 있다. 아니 이곳은 사내의 방일 수도 있다. 각이

진 모퉁이에 사내가 앉아 있고 이런 사내의 뒷모습을 오른쪽 벽에 붙어 있는 거울이 고스란히 담고 있다.

그런데, 사내의 오른손은 계속해서 흰 종이에 무엇인가를 적고 있는데, 사내의 온몸은 흘러내린다. 미처 추어올릴 사이도 없이 흘러내린다. 태초의 시간부터 그랬다는 듯이 흘러내릴 수 있는 모든 것은 흘러내린다. 뭉텅뭉텅 흘러내린다. 흘러내리면서 서로 번지며 문드러지기도 한다. 흘러내릴 수 없는 척추뼈가 단 하나의 철골처럼 드러나 있고 빳빳한 와이셔츠 칼라가 목을 이물질처럼 가로막고 있다. 사내의 몸에서 부자연스러운 것은 오히려 이 뼈와 칼라다.

모퉁이의 사내는 글을 쓰고 있지만, 거울 속의 사내는 마치 바를 잡고 운동을 하는 뒷모습을 닮았다. 거울 속 사내의 눈에 척추뼈는 보이지 않는다. 다만 모퉁이 사내의 척추뼈 근처에서 빠져나간 탯줄이 거울 속 사내의 등에 물음표처럼 이어지고 있다. 거울 속 사내의 몸도 흘러내린다. 거울 속에서도 그것은 얼룩처럼, 빗물처럼 흘러내린다.

이런 모퉁이와 거울 속 사내의 몸에서는 피비린내가 진동할 것이다. 사방의 공기에도 피가 묻어 있으리라. 피비린내는 고야의 원시적 야수성이나 잔혹성과 닮아 있으리라. 그러나 이 사내에게는 정녕 그것과는 다른 무엇이 있다. 이것은 지금까지 보아왔던 그런 탯줄이 아니다. 생존의 증거로 글까지 쓰고 있는 사내의 몸 그 어디에서도 피비린내가 나지 않는다. 그렇다면 이 막무가내로 흘러내린 몸은 모두 어디에 있단 말인가. 회색의 건조한 바닥에는 낱말이 되지 못한 알파벳들이 적힌 구겨진 종이가 있을 뿐이다.

그렇다. 사내의 흘러내리는 몸은 모두 사내의 몸에서 사내의 몸으로 흘러내리고 있다. 흘러내린 그 자리를 그대로 견디고 있는 것이다. 바닥에 드리워져야 할 그림자조차 흘러내리는 몸으로 빨려 올라가 있다. 그리고 사내는 그 처절하게 흘러내리는 몸으로 무엇인가를 적고 있다. 몸은 남김없이 흘러내리는데 마치 거울처럼 차고 미끄러운 사내의 몸이라니. 그 사내를 그려 내고 있는 베이컨의 연한, 그러나 흔들림 없는 붓이라니. 아니 손이라니. 그 붓은, 아니 그 손은 피 한 방울 묻히지 않는다.

만약 이 사내에게서 피비린내가 조금이라도 풍겨 나왔다면, 사내의 흘러내린 몸이 그림자처럼 바닥에 흥건하게 고이기라도 했다면, 실수처럼이라도 노란 벽으로 시뻘건 피가 몇 방울 튀기라도 했다면, 사내는 그렇게 고통스럽지 않았을 것이다. 처절한, 그러나 거울 속에 갇힌 존재처럼, 고통이 깊은 자의 비명은 감히 밖으로 터져 나오지 못한다. 그것은 이산화탄소처럼 몸 안으로만 차오른다. 그리고 이런 몸은 이 운명의 울음 앞에서 어쩌자고 끝없이 흘러내리기만 하는 것이다.

잔인한 것은 화가가 아니라 생(生)이다.

—「자화상을 위한 네 개의 습작」

우리는 '살았었다'는 한순간의 유일한 증거를 어디에서 발견할 것인가. '살아 있었다'는 물리적 시간과 공간의 트랙을 돌다 터져 나오는 단 한순간의 불꽃! 그 물컹거리는 불꽃을 어디에서 붙잡을 것인가. '살았었다'는 유일한 증거는 피비린내와 비명으로 뒤범벅된 불꽃 속에만 있다.

프랜시스 베이컨의 손은 그 불꽃을 붙잡았다. 그의 손이 붙잡은 불꽃은 얼굴이다. 사정없이 비틀리고 뭉개지고 번지고 휘발되기까지 하는 자신의 얼굴이다. 이 얼굴은 끔찍하다. 분명 난폭하고 잔혹한 무엇인가가 얼굴을 뭉개고 간 흔적이 있다. 얼굴 곳곳으로 미처 스며들지 못한 낯선 지문이 그것을 암시한다. 그러나 폭력적인 형상에서 짐승의 피비린내는 진동하지 않으며, 끔찍한 색채이기는 하나 절망적이지는 않다.

베이컨의 얼굴은 고독으로 밀봉한 에드워드 호퍼의 것과도 닮아 있지 않으며, 몸의 제스처만 남긴 채 얼굴은 아예 세상의 반대편으로 돌려 버린 로버트 롱고의 것과도 닮아 있지 않다. 베이컨은 짓뭉개진 눈과 코와 입을 공포뿐인 세상 쪽으로 열어 놓고 있다. 필사적으로 감지 않은 눈, 공기 속을 벌름거리는 코, 말이 새어 나오는 입만이 베이컨의 것이다.

얼굴에서 주체할 수 없는 실존의 냄새가 흘러넘치는 것은 뒤틀리고 뭉개진 형상이나 이런 형상을 물들이고 있는 야생적 색채 때문이 아니다. 이런 형상이나 색채에도 불구하고, 끝내 지워지지 않은 눈, 코, 입이 있기 때문이다. 그것들이 끝내 얼굴을 견디고 있기 때문이다.

그러므로 잔인한 것은 화가가 아니라 생(生)이다. 제 얼굴마저 이렇게 만든 것은 베이컨의 손이 아니다. 그가 끝내 얼굴을 지울 수 없었던 것은 그것만이 '살았었다'는 것을 보여 주는 유일한 증거이기 때문이다. 그러므로 이 얼굴은 베이컨의 것이 아니라 생의 것이다. 그리고 베이컨이 붙잡아 놓은 단 한순간의 불꽃 앞에서 우리가 이토록 고통스러운 것은, '살았었다'는 것을 보여 주는 유일한 그 증거가 끔찍해서가 아니라, 그 단 한순간을 붙잡지 못한 채 우리의 생이 자꾸만 지나가고 있기 때문이다.

너절하게 펄럭이지 않는다.

—「아비뇽의 처녀들」

피카소는 기어이 여자들을 갈기갈기 찢었다. 그러나 그 찢어진 여자들은 너절하게 펄럭이지도 않으며 아무 곳에나 가서 함부로 붙지도 않는다. 찢어진 모습으로, 그러나 찢어져서 나온 그 자리에 가서 찢어져 나올 때의 그 모습 그대로 다시 있다.

다섯 명의 여자는 모두 벌거벗었다. 가운데 두 여자의 눈은 정면의 허공을 밧줄처럼 붙잡고 서 있다. 그리고 왼쪽에서 막 허공을 걸어 들어오고 있는 옆모습의 여자는 몸의 반쪽이 엷은 분홍빛으로 물들었다. 오른쪽의 여자 둘은 청색의 허공 속에 놓여 있다. 아래의 여자는 가랑이를 쫙 벌리고 앉아 있으며 위의 여자는 허공의 양쪽을 양손으로 그네줄처럼 붙잡고 서 있다. 찢어진 여자들의 몸의 곳곳은 도형을 닮았다. 사방의 시선을 한 곳에 가둔 여자들의 얼굴은 기우뚱거리거나 썩어 들어간다.

오른쪽 여자들은 우울한 청색 시대를 지나 이곳에 이르렀다. 여자들에겐 고단함의 흔적이 묻어 있다. 오른쪽의 여자는 장밋빛 분홍 시대를 지나 이곳에 이르렀다. 여자에게는 달콤함의 흔적이 있다. 여자들은 삶의 고단함과 달콤함을 지나자 제 몸을, 제 얼굴을 미친 듯이 그러나 삭막하게 찢어 버렸다. 이 모습들은 찢어 놓았다기보다 자로 잰 듯 오려진 것 같다. 그러나 울퉁불퉁한 인간의 몸은 찢어질 수밖에 없다. 이것이 이 여자들의 운명이다.

여자들은 반짝이는 유리 속을 파고 들어가 있기도 하고, 땅속에 들어가 있기도 하다. 그러나 모두 찔리기 쉬운 날카로운 파편으로 되어 있다. 여자들의 곳곳은 파편의 일부처럼 반짝이지만 그러나 그 반짝임은 위험하다. 그렇다면 이 여자들은 어쩌자고 사방의 시선을 한곳에 넣은 채 전기 구이 오징어 처럼 제 얼굴을 납작하게 눌러 버렸을까. 피와 살, 오욕칠정을 다 빼 버린 몸으로 이 파편 속에 박혀 있는 것인가. 이 여자들은 왜 르네 마그리트의 세계로 건너가, 빵집을 뛰쳐나온 바게트처럼 하늘에 구름으로 전이되지 않으며, 줄무늬 커튼처럼 하늘 한 귀퉁이에 가서 매여 있지 않은가. 더욱 형상이 지워지지 않은 이 여자들은 무엇으로 전이되기에 이렇게 가벼운 존재란 말인가. 어쩌자고 여자들은 겨우 단물이 빠진 지 오래된 과일 몇 개를 몸 앞에 놓고, 발바닥을 그 차가운 파편 속에 쑤셔 넣고 있는가.

그러나 나는 이 건조하고 기괴하고 생경한 여자들 앞에서 절망했다. 이 잔인할 정도로 무미건조한 세계 앞에서 절망했다. 어떤 믿음이, 어떤 광기가, 이 여자들로 하여금 제 몸이 찢어질 때 흘린 피와 절규를 모두 감추고 저렇게 표정을 지운 얼굴과 몸으로 서 있게 했단 말인가. 이것은 단순히 눈, 코, 입의 겹침이 아니다. 모든 세계를 부정하고 해체한 뒤 저 홀로 황량한 사막 위에 다시 세운 세계이며 단 하나뿐인 세계이다.

그러나 유목민일 수밖에 없는 운명을 가진 자가 세워야 하는 세계는 집이 될 수도, 아니 잠깐 쉴 수 있는 그늘이 될 수도 없다. 그것은 언제라도 조류에게 쪼여 먹힐 벌거벗은 온몸을 신기루 속에 내놓는 일이다.

조장(鳥葬)도 좋고
편도행 화성 탐사선도 좋다.
다 똑같다가 아니라
모든 것이 모든 자리에서
나타나는 것.
희미하다고 지우지 않는 세계.

'편애'의
방향

4부

기계가 좋다
무당이 좋다

지하철역

꽤 오래 지하철을 피해 다녔다. 땅속에 내 발로 걸어 들어가는 것도, 흐릿한 창으로 물에 불어 터진 것 같은 얼굴이 비치는 것도 싫었다. 마주 보고 앉아 눈을 마주치지 않아야 하는 의자의 배치도 싫었다.(그것이 가장 현대적 방식일 수는 있어도) 몇 번 갈아타야 해도 버스를 선택했다. 자주 버스를 잘못 타서 엉뚱한 곳으로 갔다. 중요한 약속 시간에 늦고 집으로 가는 노선을 다시 궁리해야 했다. 번번이 낭패감이 들었지만 나도 어쩌지 못하는 이탈이 좋았다.

역 가까운 곳으로 이사를 하고 지하철을 타게 되었다. 지하철을 타니 예측이 가능했다. 예정에서 벗어나는 일은 많지 않았다. 거꾸로 탄 경우에는 반대 방향으로 다시 돌아가면 되었다. 노선이 변하지는 않았다. 예정한 시간과 장소에 어김없이 도착하는 것, 그것이 이상하게 답답했다. 지하철이 1분 후에 도착한다는 안내판을 보면 뛰어 내려가고 뛰어 내려가면 지하철 문이 일제히 열리고 그곳에 타고 있는 나를 확인할 때마다 유쾌하지 않았다.

그런데 얼마 전부터 지하철이, 지하철역이 좋다. 현대판 동굴에서 안내판은 7분 후 내가 타야 할 지하철이 도착한다는 것을 예정하고 있고 나는 동굴 안의 한적한 의자에 가서 앉는다. 지하철이 들어오고 한 무리의 사람들이 내리고 한 무리의 사람들이 타고 일제히 문이 닫힌다. 그리고 역 안은 텅 빈다. 나는 타지도 내리지도 또는 계단을 통해 사라지지도 않은 사람이 되어 있다. 도태라면 도태고 저항이라면 저항이다. 어느 쪽이든 간에 좋다. 텅 빈 지하철역에서 혼자만 시간에서 떨어져 나온 것 같은 이 상황.

시를 쓰고 싶을 때는 역에서 지하철을 기다린다. 지하철을 타지 않고 또는 타지 못하고 시를 쓴다. 텅 빈 동굴의 의자에 앉아. 7분 후에 다시 내가 타야 할 지하철이 들어올 것이고 나는 또 지하철을 타지 못할 것이다. 지하철을 또 놓칠 것이다. 타야 할 지하철을 놓치는 사이, 타고 내리는 발과 닫히고 열리는 문밖에서 시를 쓴다. 시는 타야 할 지하철을 기다리는 사이, 기다린 지하철을 타지 못하고 다시 도착한다는 지하철을 기다리는 사이에서 나타난다.

노란 집

독일로 작가 행사를 다녀온 오규원 선생님은 연구실 벽에 액자를 하나 걸어 두었다. 직접 찍어 온 사진으로 만든 그 액자는 작은 창과 가까운 곳에 내내 걸려 있었다. 의자를 돌려 누군가와 대화를 할 때 그 사진은 선생님의 오른쪽 배경이 되었고 책상에서 무엇인가를 할 때는 선생님의 배후가 되었다.

세로로 찍은 그 사진에서는 햇빛이 투명하게 번지는 강물이 4분의 3을 차지한다. 강의 앞쪽에는 한 사람이 탄 작은 배가 있다. 그리고 사진의 가장자리, 강기슭의 한쪽에는 흐드러진 물풀과 나무가 있고 다른 한쪽에는 흰 벽으로 된 집과 그 집 앞으로 그 집보다 조금 낮은 노란 집이 있다. 노란 집 앞에는 풀이 감고 올라가는 타원형 건물이 붙어 있다. 물풀과 나무와 지붕들 사이 납작한 허공이 조금 있기도 한 풍경이고 더 이상 물러날 곳이 없는 풍경이고 그러나 강은 여전히 흐르는 풍경이다. 다른 시간이 작용하기도 하는 고요하고 고독하고 청정한 풍경이다.

저 노란 집이 횔덜린이 살던 곳이다, 선생님은 알려 주었고 왜 그토록 고통스럽게 살다 간 횔덜린의 집을 걸어 두었는지 나는 그때 알지 못했다. "그 집은 지상의 삼층이다/ 일층은 흙 속에/ 삼층은 둥글게 공기 속에 있다/ 이층에는 인간의 집답게/ 창이 많다/ 네카 강변의 담쟁이덩굴 가운데/ 몇몇은/ 그 집 삼층까지 간다"(「횔덜린의 그 집」)고 선생은 이 풍경을 시로도 썼다. "많은 공적, 그러나 인간은 이 땅 위에서/ 시적으로 거주한다"고 횔덜린의 시는 적고 있다.

강가의 끝, 막다른 곳. 그곳에 시인의 거주지가 있다. 그것을 지켜라. 자주 세속에 휩쓸리는 내게 선생은 미리 내가 열어 볼 문장을 주셨던 것이다.

저 노란 집이 횔덜린이 살던 곳이다.

산 것/
살아 있지 않은 것

산 것을 끔찍이 무서워한다. 강아지를 멀리서만 봐도 겁을 먹고 어떻게 하나 허둥댄다. 고양이 울음소리만 들어도 다리에 힘이 풀린다. 나는 살아 있지 않은 것을 돌본다. I선배가 선물로 보내 준 실물 크기의 쌍봉낙타를 베란다에서 돌본 지 5년이 넘었다. 조금만 잘못 건드려도 몸의 이곳저곳이 부스러지는 10센티미터 키의 피노키오, 울퉁불퉁한 신발 바닥으로 계속 넘어져도 눈빛 하나만큼은 매서운 피규어 여자아이를 돌본다. 아침마다 낙타 눈알을 닦아 주며 그날 낙타가 바라볼 시야를 마련해 주는 일. 허약한 관절을 가진 피노키오가 기댈 최소한의 벽을 찾는 일. 며칠 전 코끝이 부서진 피노키오의 흔들림을 가늠해 보는 일. 매서운 눈의 피규어 여자아이 앞은 잊지 않고 텅 비워 주는 일.

산 것이 무서운 것은 나의 부실함 때문인가. 산 것을 돌볼 때 돌아오는 반응이 힘들어서일 수도 있다. 생물이 아닌 것을 돌볼 때 편안한 것은 내가 그것들이 깨어나지 않는다는 것을 알기 때문인가. 모르겠다. 나는 살아 있다는 것이 무엇인지 모르겠다. 생각해 보면 성장하면서 쭉 살아 있지 않은 것에 가슴이 두근거렸다. 마네킹도 로봇도 나를 둘러싼 것은 모두 살아 있지 않은 것이었다. 그런데 나는 이것들을 돌볼 때 이것들에게 말을 걸 때 이것들을 들여다볼 때 눈물이 나기도 하는 것이다. 거기에도 있다. 내가 나타나는 것이다.

콩알만 하게/
뜨겁게 만져지는 것

이동욱은 스컬피(sculpee)로 손가락만 한 사람을 만드는 작업을 주로 한다. 클레이 에니메이션에 사용되는 스컬피는 점토의 성질을 지닌 플라스틱으로 오븐에 넣을 때까지 마르지도 굳지도 않는다. 뜨거움을 거쳐 가볍고 영구불변한 몸으로 거듭난 이동욱의 작은 사람들은 모두 벌거벗은 몸이다. 속이 비칠 것 같은 몸은 발그스레하고 미끄럽고 연하다. 더 작아질 수 없을 정도로 작아졌을 뿐인데, 벌거벗었을 뿐인데 이 작은 사람들은 반미학적이고 반인간적이다. 한없이 불편하다. 벌거벗어서 때로는 몇십 명이 엉켜 있어 그렇다고 생각했는데, 아니었다. 안에 콩알만 하게 뜨겁게 만져지는 것이 있었다.

마크 퀸의 석고 작품들. 기형의 몸을 가진 이들. 「임신한 앨리슨 래퍼」는 양쪽 팔이 없고 양다리가 모두 짧다. 잘린 몸통 안에 태아가 자라고 있다. 서로 부둥켜안은 남녀가 있다. 절반쯤 비어 있는 남자의 팔은 여자의 목을 두르고 있다. 여자는 짧은 한 발로 선다. 서로 눈을 맞추고 있으나 눈은 맞춰지지 않는다. 기형이라고 할 수도 있고 불균형이라고 할 수도 있다. 기울어져서 기운 곳이 있다. 닿은 곳이 있다. 기울어질 때가 바로 다리를 발견한 때. 성한 다리는 다른 입장에서 보자면 너무 긴 다리일 수도 있다.

언덕

모교에서 수업을 한다. 스무 살의 나는 남산으로 오르는 골목의 2층인가 3층인가에서, 창이 생각나지 않는 강의실에서 수업을 받았다. 몸이 마른 선생은 나직하고 간결한 목소리로 우리의 시에 대해 얘기했다. 선생의 간결한 목소리를 따라 우리는 빛도 눈물도 기억도 들여다봤다. 문은 생각나지도 않았는데 문 아니고도 나가고 들어오는 곳이 있다는 것을 알게 되었다.

그로부터 시간이 지난 것이다. 나는 학교가 새 둥지를 튼 안산에서 수업을 한다. 아이들은 내가 수업을 받을 때의 나이다. 강의실에는 진한 자주색 커튼이 쳐져 있는데 내가 제일 먼저 하는 일은 커튼을 걷자고 말하는 것이다. 창밖에는 나지막한 언덕이 있다. 언덕에는 풀들이 가득하다. 고양이는 언덕 끝에서 끝으로 가로지른다. 살그머니의 포즈다. 새는 언덕에서 갑자기 사라진다. 퍼드덕 사라질 때 새가 나타난다.

이번 학기에는 묘사 시 한 편과 진술 시 한 편을 두 명이 한 팀이 되어 발표하는 시간을 갖고 있다. 두 명의 아이가 어떤 작품들이 후보군이었고 자신들은 어떻게 다른 관점을 가졌는지, 어떤 합의를 했는지를 열정적으로 얘기한다. 발표를 하는 아이 둘과 발표를 골똘하게 듣는 아이들은 심장만으로 만들어진 새들 같다. 아이들이 뽑은 진술 시는 테라야마 슈지의 「백 행을 쓰고 싶다」였다. 한 아이가 긴 시를 숨차하며 다 읽는다. 아이들은 몇 행인지를 궁금해했다. 세어 보더니 백 행 아니 구십구 행이에요, 했다. 언덕은 막혀 있다. 선생의 나직한 목소리 근처에도 못 간 나는 아이들에게 높낮이가 들쭉날쭉한 목소리로 얘기한다. 그러나 아이들은 문 아니고도 나가고 들어오는 문이 있다는 것을 내게 보여 준다.

춘수 선생의 '꽃'

생전의 김춘수 선생 댁에 가 보았다. 선생 댁에서 춘수 선생의 '꽃'을 보았다. 거실에는 각각 다른 방향에 작은 도자기 화병이 둘 있었다. 화병에는 꽃이 딱 한 가지씩만 꽂혀 있었다. 인간의 시선으로 보면 조화지만, 그것을 보는 순간 살아 있다 살아 있지 않다가 생각나지 않았다. 춘수 선생의 '꽃'이라는 생각만 들었다. 춘수 선생은 평생 조화만 꽂는 분이었다고 들었다. 선생이 조화만 꽂은 이유가 무엇이었는지 정확히 알 수는 없다. 자신이 선택한 단 한 가지가 꽂힌 방향, 다만 그것이 김춘수의 '미니멀'이 아니었을까.

돌

“내 작품은 매우 단순하다. 해야 할 아주 최소한의 것만을 한다. 그것은 반대로 몹시 어려운 일이다. 예를 들어 돌을 그냥 놓아두면 그것은 입을 다물고 말을 하지 않는다. 그런데 돌을 조금 비스듬하게 하거나 세우거나 하면, 그 무거운 것이 가벼워지면서 말을 하기 시작한다.” 이우환은 이렇게 적고 있다.

나는 자주 잊어버리는 것이다. 돌을 조금 비스듬하게 하거나 세우는 것을. 그게 그렇게 어려운 일인가.

최소주의

미니멀은 최소주의다. 간명함이라 하면 간명함인데, 최소주의의 무서움은 꼭 필요한 것을 놓는다는 것이다. 꼭 필요한 하나를 위해 다른 것을 다 놓쳤다는 뜻이다. 꼭 필요한 한 가지에 집중해서 다른 것이 물에 다 떠내려가는 줄도 모른다는 뜻이다. 다른 것이 불필요해서가 아니라 신경을 쓰지 않아서가 아니라 하나에 몰두하느라 그것들이 다 뿔뿔이 흩어진 줄도, 나는 이 몰골로 앉아 있었는 줄도 몰랐다는 것이다.

제 몸이 타들어 가는 줄도 제정신이 상해 가는 줄도 모르고 시를 쓰는 시인들이 있다. 그런 시들을 보면 부끄럽고 미안하고 고맙다. 나를 다시 정신 들게 한다. 그 시들은 채찍에 맞고 있던 말을 껴안고 울던 니체의 풍경과 같다.

나는 방향도 없고 길도 없다. 뒤죽박죽이다. 인간인 것처럼 굴 때가 있고 멀쩡한 것처럼 굴 때도 있다. 불안을 한가득 이고 가파른 곳으로 갈 용기가 있는지도 모르겠다.

그러나 간다. 저 노란 집이 휠덜린이 살던 곳이다. 그 목소리를 잃어버리지는 않았다.

기계-무당 (1)

기계가 좋다. 무당이 좋다. 조장(鳥葬)이 좋고 편도행 화성 탐사선이 좋다.

스물 몇 살 때, 어떤 도록에서 기계-무당이라는 말을 보고, 이 말을 품었다. 상반된 것이라면 상반된 것이다. 너무 다른 것이라면 너무 다른 것이다. 충돌이라면 충돌이다. 이런 시를 쓰고 싶었다. 시로 기계-무당의 자리를 만들어 보고 싶다는 욕망을 가졌다.

요즘 자주 이 말을 꺼내 보고 있다. 기계만도 싫고 무당만도 싫다. 기계-무당의 시를 써 보고 싶다. 기계이면서 무당인. 또는 무당도 기계도 아닌.

몸은 자꾸 눈앞의 진창에 빠지고 있다. 정신을 높이 멀리 던지겠다.

기계-무당 (2)

21

꿈이 많지 않다. 꿈을 꾸는 때는 악몽 아니면 실현 불가능한 무엇이 있을 때다. 잠에서 깨면 괴로웠다. 간절하게 원하는 것은 결코 닿을 수 없는 것이므로. 죽은 사람이 꿈에 오면 그것은 반갑다. 설령 꿈에서 깨어나도 고맙다. 죽음의 생시 같은 것이었을까. 죽은 사람은 꿈에 생생하다.

20

깃든 정신이 없다면 훼손도 없다

19

월정사 박물관에 가서 한암 스님 입적 사진 보았을 때.

앉아서 돌아가셨구나가 대단한 것이 아니고, 몸뚱이는 저렇게 벗는 것이구나. 몸을 저렇게 벗는 것이구나. 그것은 슬프고도 서러운 것이었다.

18

10년 동안 울기만 했지. 시가 되지는 않았다.

17

평등이라는 말을 자주 생각했다. 다른 높낮이를 여러 이유로 끌어다 같은 선에 맞추는 게 평등은 아닐 것이다. 다 똑같다가 아니라 모든 것이 모든 자리에서 나타나는 것, 평등은 그것이 아닐까. 희미하다고 지우지 않는 세계.

16

인간이라는 것을 안 어느 날부터, 나의 꿈은 한 가지, 계속 인간에서 벗어나는 것. 인간의 것이라고 생각하는 것들을 입지 않거나 자꾸 벗었던 것 같다. 엄마가, 너 또 왜 그러니, 라는 말을 하게 만들었다.

15

엄마를 생각하면 무섭다. 엄마가 늙는 게 무섭고 간명한 시선으로 세상에 대해 말해 주는 엄마가 무섭다. 나를 꿰뚫고 있는 엄마는 더 무섭다. 엄마에게 죄의식이 있다. 작년 초가을 마룻바닥에 누워 있다가 꿈결인 듯 엄마를 만났다. 엄마와 내가 이 세상에 아직 오지 않았을 때. 얼굴은 없으나 둘 다 가벼웠다. 민소매 원피스를 입고 있었다. 엄마는 나와 같은 애기였으나 그때도 의연했다. 그 의연함이 나를 딸로 갖게 만들었을 것이다.

14

어려서부터 어디에서 한참씩 멈춰 있는 것을 좋아했다. 보고 싶은 게 생기면 그걸 계속 들여다봤다. 사과든 돌이든 계란이든 초록 로봇이든 지하도든, 한자리에 서 있었다. 한참 동안. 한자리에 서 있었다고 했지만 눈길이 팔리면 그걸 따라갔다고 해야 정확하다. 시장에서 엄마를 잃어버렸고 엄마가 나를 찾았을 때는 이상한 걸 맛있게 먹고 있었다고 했다.

살아오는 내내 눈길이 팔리면 맥락 없이 따라갔으므로 자주 길을 잃었다. 거기가 어딘지도 몰랐다. 숲을 보면 가슴이 뛰는 것은 초록 이전에 나무 이전에 헝클어져 있기 때문이다. 어디로 갈지 모르기 때문이었다.

13

자극-행동이 나의 패턴이다. 자극과 행동 사이 인식이 빠져 있다. 디지털 세대도 아닌데 내가 왜 그런 인간형이 되었는지 모르겠다. 노을이 눈에 들어오는 동시에 지는 해를 향해 뛰어가던 내가 있었다.

12

운동화를 열심히 샀다. 다른 신발보다 운동화다. 지금도 예쁜 운동화를 좋아한다. 목이 긴 하이탑부터 로탑까지 색색의 것을 샀고, 스커트 밑에 운동화를 열심히 신었다. 엄지와 다른 네 발가락이 구분해서 들어가는 버선 모양 운동화를 산 적도 있다. 물론 전용 양말도 샀다.

발에 대한 집착이 있었다. 집착은 불안과 같은 얼굴이다. 어떡하든 땅에 닿아야 한다고 생각했다. 모험을 떠나기 좋은 신발은 운동화라고 생각했다. 바닥에도 닿았지만 경쾌했으므로. 비장함만으로는 모험을 떠날 수 없다. 명랑함이 필요했다.

가족의 죽음을 겪으면서 운동화에 집착하는 버릇이 생겼다. 새 운동화를 사서 들여다보면 그만큼 시간이 생긴 것 같았다. 그만큼 걸을 수 있는 세계가 나타난 것 같았다. 그렇게 꽤 오래 지냈고 서른여덟. 또 한 죽음을 겪고 거짓말처럼 운동화에 대한 집착이 사라졌다.

11

영국 화가들을 좋아하는 건 나의 기질과도 상관이 있을 것이다. 좋아하고 보면 영국 화가다. 프랜시스 베이컨을 좋아했다. 흘러내리는 것들에서 상한 냄새가 나지 않는 느낌이 좋았다. 자주 인간과 인간적인 것을 혼동하는 내게, 베이컨은 심장은 드라이한 것임을 상기시켜 줬다. 베이컨은 동성애자였다. 자화상에서 보면 두 다리를 옆으로 나란하게 모으고 있다.

친구들을 사진으로 찍어 인물화를 그린 베이컨의 삼면화에서 루치안 프로이트를 보았다. 프로이트의 손자다. 베이컨과 달리 프로이트는 얼굴에서 모든 것이 솟아오른다. 베이컨이나 프로이트나 분절하는 것은 같다. 베이컨이 흘러내린다면 프로이트는 솟아오른다. 전체가 아니라는 것이다. 부분이라는 순간, 순간이라는 시간의 파편이 계속 나타난다는 것이다. 이어지는 것이 아니라 나타난다는 것. 프로이트가 그린 엘리자베스 2세 여왕을 보면 곱디고운 여왕의 얼굴에서 여러 시간이 불룩불룩 솟아 있다. 물론 다 다르다. 여왕은 이 초상화를 자주 안 볼 것 같다. 앗 뜨거워했을 것이다.

호크니는 프로이트의 초상화에 등장한다. 평생 풍경화를 그린 데이비드 호크니의 색은 평면 TV보다 더 선명하고 더 생동감 있다. 21세기 초에 호크니는 고향인 요크셔 고원의 언덕으로 되돌아가서 풍경화를 그렸다. 나무의 변화를 신보다 더 잘 알게 되었을 것이다. 신도 그 정도 디테일에는 관심이 없을 테니까. 10대와 달라진 것이 있었다면 아이패드에도 그린다는 것. "호크니는 그것을 항상 들고 다녀서 보이스카우트답게 항상 그릴 준비가 되어 있다."

10

다시 미학을 생각할 즈음. 기계 너머 기계를 생각할 즈음. 이상한 시절이 왔다.

9

우리가 굳이 인간일 필요까지는 없는 것이다. 그런 생각이 자주 들었다.

나는 사진 속의 저 아이가 갑자기 죽었다는 것이 믿기지 않는다.

얼굴에 하트 스티커를 붙인 저 아이가.

꽃과 상복

제목만 써 놓고 2년이 지났다.

8

이럴 수는 없는 것이다, 자꾸 생각되는 것이다

이럴 수는 없는 것이다, 자꾸 눈물이 나는 것이다

자꾸 미안해지는 것이다

눈물을 흘리는 것도 미안한 것이다

나는 살아서 눈물을 흘리는 것이다

이럴 수는 없는 것이다, 밖으로 나가면 다른 표정을 갖는 것이다

내일의 할 일을 체크하는 것이다

봄꽃들에 눈이 멀기도 하는 것이다

환한 봄꽃들 속으로 걸어 들어가는 것이다

5분 전 눈물을 잊어버리는 것이다

평범한 사람들의 거리에는 어떻게 섞여 들어갈 수 있는 것인가

어떤 손과 발을 들고 어떻게 손을 흔들며

우는 아이를 안고 상점을 들여다보며

하하 웃으며 메뉴를 고르는 것인가

이럴 수는 없는 것이다, 영문도 모르고 죽은 아이들의 부

모가

팽목항에서 광화문까지
광화문에서 다시 팽목까지
삭발을 하고 상복을 입고
죽은 아이의 영정 사진을 가슴에 안고
다시 밤낮을 걷는 것이다
이럴 수는 없는 것이다
평범한 사람들의 거리 밖으로 어떻게 내몰리는 것인가
상복을 입고 죽은 아이의 영정 사진을 들고 삭발을 하고
그러면 밖이 된다 밖이 되어라
자비의 손길을 뻗어 줄 테니 이런 쇼가 생겨나는 것이다
쇼는 숨어 있는 것이다
평범한 사람들의 거리 안과 밖이 서로 보며
짖어 대는 해괴한 장면이 나타나는 것이다

7

나는 누구입니까
죽음의 점이 찍혔다
나는 누구입니까
거룩한 성자 마을에 불이 붙었다
나는 누구입니까

기억을 두드리는 자 여기는 기억이다

나는 누구입니까

미음 동냥을 다니고 있다

나는 누구입니까

입부터 닫고

6

오랫동안 시를 놓지 않고 있다가 올봄 등단한 시인을 만났다. 여덟 살 아들을 데리고 왔다. 애기들이라면 그냥 좋다. 게임하며 살짝살짝 쳐다본다. 휴대폰으로 앵그리버드 게임 하고 있다. 풍선 터뜨리기다. 나도 그거 좋아한다. 잘 안 깨져 했더니, 그러니까 이렇게 이렇게 하면 돼요. 각도를 보여 주면서 터뜨린다. 그러더니 나보고 어디까지 깼어요? 그런다. 나는 얼마 못 깼어. 나는 스타워즈도 해요. 와, 감탄하는 사이 창가 빈 테이블에 가서 긴 막대를 돌려 본다. 돌아간다. 후추 통처럼. 다시 온다. 그런 거 신나서 돌려 봤으니까 케이크도 남겼으니까 여기서 5000원어치 일하고 가야 해 한다. 저는 일 몰라요. 여기 삼촌들이 가르쳐 줄 거야. 조금씩 심각해진다. 아니에요. 나 일 안 할 거예요. 안 할 거예요. 아냐 해야 돼. 선생님 되게 재밌지? 시인이 울상인 아들에게 말을 건다. 선생님 호칭 별로다, 생각하고 있는데, 몸을 엄마 쪽으로 기울이며 고개를 끄떡끄떡한다.

올겨울에 아파트 현관에 만들어져 있던 눈사람 사진을 찾는다. 소나무 가지를 입술처럼 붙여 놓았는데, 입술 부분은 뾰족뾰족 잎이고 볼 쪽으로 솟은 가지는 이 눈사람을 꽤 불량하게 보이게 한다. 사진을 열어 놓고 휴대폰 펜을 들어 빈 곳에 쓴다. 까짓것, 막 살자. 다시 쓴다. 까짓것 깡패처럼 살아. 결국은 까짓것 하루하루 재밌게 살아. 눈사람이 한 얘기. 내가 듣고 싶은 말.

음 맘에 든다 그러고 있는데 어제 만난 그 시인에게서 문자가 왔다.

은호가 선생님 되게 재밌대요. 처음 보는 이에게 그런 말 잘 안 하는데.

그렇다. 내 꿈은 재밌는 사람이었다. 점점 잘 못 웃는다. 그래서 재미가 없다.

5

시에게 심각한 것만 주문했다. 몰랐다. 시간이 지나고 보니 그렇다. 시가 입을 꾹 다물고 차렷 자세를 한 것은 당연지

사. 내가 그러라고 그랬으니까.

내 꿈은 재밌는 사람이다. 발과 손을 내리고 있는 것은 긍정이 아니라 꼼짝없음이다. 그러지 말자. 너 안 그래.

4

산발한 목소리들. 그 속에서. 정신이 하나도 없었다. 거죽이 흘러내리고 있어서, 만져 본 곳이 미끄러워서, 발아래가 뜨뜻하고 냄새가 나서, 살점이 많이 찢겼구나 안도가 되기도 했다.

3

인간과 인간적을 혼동.

윤리와 윤리적을 혼동.

시와 시적을 혼동.

마음과 습관을 혼동.

2

어느 순간 고개를 들었을 때(오지 않을 듯하던 봄이었다고 쓴다.) 눈과 눈물을 가졌다는 착각을 또 했다. 그렇게 10년이 갔다. 배터리가 없다. 버릴 것이 남지 않았다. 타이밍이다.

1

로맨티스트가 누군가를 더 사랑하는 것은 아니듯, 비장함이 시에 더 집중했다는 뜻은 아니다. 그것은 다만 기질인 것이다.

0

모르는 자로 돌아간다는 것. '영원한 증인'의 자리에 선다는 것.

내 꿈은 어느 날 풀들이
큰 폭으로 흔들리지 않는 들판에서
새로운 회로를 갖게 된 몸으로
그의 뒤를 따라
천천히 걸어 보는 것이다.

'당신'들

5부

격렬한 내부를 가진

오갈피나무와 부용과
코끼리와 앵두밭과

생전의 '춘수 선생'을 다섯 번 만났다. 아주 가까이에서 한 번, 조금 가까이에서 또 한 번, 그리고 조금 멀리서 세 번. 첫 번째 뵙고 나서 선생님은 내게 '김춘수 선생님'이 아닌 '춘수 선생님'이 되었다. 다섯 번째 뵙고는 '춘수 선생님'은 내게 '춘수 선생'도 되었다. 도무지 시가 내게 와 주지 않던 새벽, 노트에 '춘수 선생'이라고 적고 속으로 불러 보기도 하는 '불경'을 나 혼자 가지게 되었다.

2002년 초여름 선생님을 처음 뵈었다. 한낮이었는데도 어둑어둑했던 거실에서 선생님은 꽤 큰 TV로 혼자 스모를 보고 계셨다. 선생님은 꽃무늬 소파에 앉으셨고 의자가 모자라는 바람에 나는 식탁 의자를 가져다 앉았다. 선생님과 마주 보는 자리였다. 밝은 햇빛이 지천이었으나 마치 가을의 해 질 녘 같았던 창 안에서 선생님의 목소리를 처음 들었다. 경상도 억양이 섞인 목소리는 나직했고 그러나 단호했다. 선생님의 목소리는 커지기는 했지만 빨라지지는 않았다. 그런 순간에는 침묵을 징검돌처럼 턱 턱 놓으셨다.

선생님의 말씀을 따라가던 나는 처음 경험하는 이상한 느낌에 사로잡히게 되었다. 나는 말을 듣고 있는 것이 아니라 말을 보고 있었다. 선생님은 말을 하고 계신 것이 아니라 말을 풀어 주고 계신 듯했다. 언어는 선생님의 몸속에 감겨 있고 언어를 풀어 주는 도르래는 선생님이 잡고 계신 듯했다. 풀어 주고 싶은 만큼 언어를 풀 수 있는 몸이라니, 그러나 다음 순간 나는 더욱 놀랐다. 선생님은 마치 큰 산에서 원하는 만큼의 흙을 덜어 내듯 언어를 쓰고 계셨다. "삶은 허무한 것입니더."라고 말씀하실 때, 그 허무는 거대한 시간과 막연한 관념의 안개로 뒤덮인 사전적인 언어가 아니었다. 원하는 만큼의 크기와 무게로 계량된, 탈사전적인 선생님만의 언어였다. 어떤 형태로도 과장되어 있지 않았으므로 그 언어의 크기와 무게는 내게도 선생님이 덜어 낸 그만큼 그대로 전달되었다. 삶 속에서 시를 쓰신 것이 아니라, 아예 시 속으로 들어가 삶을 쓰셨기에, 그런 언어를 갖게 된 선생님 앞에서 내 내부가 왈칵 흔들렸다. 그리고 그 순간 선생님은 내게 '김춘수 선생님'이 아닌

'춘수 선생님'이 되었다.

나는 그날 선생님 댁 부엌 찬장을 열어 커피를 찾고 오랜 시간의 흔적을 지우지 않은 잔에 선생님 커피를 탔다. 계량이 잘 되지 않아 몇 번이나 물과 커피와 프림을 번갈아 가며 넣어야 했다. 조금 덜어 내고 드릴 생각은 하지도 못한 채 한 잔 가득 되어 버린 커피를 선생님께 드렸다. 더듬거리며 전후 사정을 말씀드리고 있는데 커피를 한 모금 드신 선생님이 "맛있읍니더."라고 말씀하셨다. 그 순간에도 선생님의 그 언어의 부피와 무게는 내게 그대로 전달되었다. 그래, 선생님처럼 내게도 삶이 있고 시도 있다. 시라는 불은 화약을 당겨 삶이라는 육체를 만들어 주고 싶어 한다. 선생님의 언어는 내게 그것을 가르쳐 주고 있었다.

2년 전 선생님을 한 시상식에서 다시 뵙게 되었다. 다섯 번째였고 초가을 밤이었다. 선생님은 축사를 하기 위해 나오셨고 나는 선생님과 조금 먼 맨 뒤쪽에 앉아 있었다. 선생님은 가슴에 붉은 꽃 한 송이를 달고 불빛 속에 서 계셨다. 어김없이 선생님의 몸이 도르래를 풀어 주는 그곳에서 언어가 풀려 나왔다. 그날도 선생님은 원하는 만큼의 무게와 크기로 덜어 낸 언어를 쓰고 계셨다. 어느 맥락에서 선생님이 말씀하셨다. "시는 그렇게 비장한 것이 아닙니더. 시는 부드러운 것입니더.

삶 속에 있는 슬픔을 폭발시키는 것이 아니라 그 슬픔을 한없이 달래고 쓰다듬어 주는 것이 시입니다."

그 순간 내 온몸이 왈칵 쏟아졌다. 굳어져 있었고 비틀려 있었고 싸우고 있었다고 생각했던 모든 것이 다 쏟아졌다. 모두 애처로운 표정을 하고 있는 그것들을 보고 나는 비로소 알게 되었다. 내 몸 속에 사는 골렘은 내가 싸워 이겨야 하는 존재가 아니라 한없이 달래고 쓰다듬어 주어야 하는 존재였다는 것을. 아니, 나는 이미 골렘과 상처를 핥아 주는 짐승처럼 서로를 쓰다듬어 주고 있었다는 것을. 그리고 시가 내게 그런 손을 갖게 해 주었음을. 선생님은 내가 삶과 싸우는 손이 아니라 쓰다듬는 손을 이미 갖고 있었다는 것을 깨닫게 해 주셨던 것이다.

행사가 끝나자마자 나는 혼자 그 자리를 빠져나왔다. 다시 한번 뒤돌아보고 싶었지만 그러지 않았다. 그러는 대신 환한 형광 불빛 아래가 아니라 오갈피나무와 부용과 코끼리와 앵두밭이 함께 출렁이는 시간 속으로 선생님을 모셔다 드렸다. 그리고 나는 경복궁에서 삼청공원 쪽으로 난 밤길을 아주 천천히 걸었다. 바람은 조금 쌀쌀했고 밥집의 불빛 속에는 사람들이 가득했다. 나는 어둠 속의 나무들보다 그들이 더 낯설었다.

그리고 선생님이 보여 주셨던 말씀처럼, 문득문득 멈추

어 침묵을 놓기도 했다. 이렇게 삶의 시간 속을 내 속도로 계속 걷다 보면 나도 춘수 선생님처럼 '언어의 몸'이 될 수도 있으리라, 그 먼 시간을 잡아당기며, 나는 밤의 한가운데에 서서 '춘수 선생님'을 '춘수 선생'이라고 아주 건방지게 불러 보았다. 그렇게 불러 보니 영혼이 용감해졌다. 그것으로 되었다. 내 영혼은 용감해졌고 내 몸은 그 먼 시간의 중력을 받게 되었으니까.

김혜순 시/인을 구성하는 23개 또는 2023개의 거울

수평

균이 선명해진다면 여성 시인 몇이 만난 자리였다. 무슨 얘기 사이에서 ㅁ이 말했다. 언니도 이제 시 쓴 지 오래되었잖아. 나도 모르게, 선생님도 계신데, 손사래를 치는데, 선생님이 그러셨다. 여자들끼리만이라도 이러지 말자.

김혜순 선생님보다 한참 어린 우리, 저절로 입 다물어지는 순간. 특히 나는 더 입 사르르 없어지는 순간.

『당신의 첫』

선생님에 대한 첫 기억. 선생님 구두. 색은 기억나지 않는다. 여학생들이 신는 학교 구두 모양. 앞이 둥근. 그 모양의 구두라면 단화겠다 생각하는데 높은 굽. 높은 굽이라면 하이

힐처럼 뾰족하고 가늘어야 하는데 두툼하고 높았다. 환한 한낮, 사선의 자리에서 선생님 구두를 보고 있었는데 얼마 후에는 뒤에서 굽을 보게 되었다. 들어간 발이 있었을 텐데 발은 보이지 않았다.

눈빛

안경 속 눈. 눈빛. 눈빛 속. 멀리. 또 작은 눈빛.

목소리

한 글자 한 글자의 목소리. 이를테면 다식판에서처럼, 한 자 한 자 다른 무늬로 꾹꾹 눌려 나오는 목소리.

처음 만난 그날 저녁, 그런 구두를 신은 사람은 그런 목소리를 낼 수 있겠다, 그런 눈빛을 가지면 눈빛 속에 다른 곳으로 열리는 아주 작은 문이 있겠다, 앞뒤 없이 그렇게 생각되었다. 구두와 얼굴 사이는 떠오르지 않았다.

같은 도형은 절대 그리지 않는다

사회라는 것을 딱 두 번 보았는데 모두 선생님의 낭독회다. 그런 풍경에 잘 안 나타나시는 선생님도 나도 서로 의외다. 2008년. 2016년. 두 번 모두 나는 전전긍긍. 좌불안석. 선생님은 "같은 도형은 절대 그리지 않"(『불쌍한 사랑 기계』 표지 글)으므로, 우문현답이었을 것은 당연. 선생님의 정확한 목소리. 첫 번째 낭독회에 리본을 매는 흰 블라우스를 입고 갔다. 집에 와 보니 리본에 커피물이 잔뜩 들어 있었다. 나는 커피를 흘린지조차 모르고 있었던 것이다. 두 번째 낭독회에는 허리에 끈을 묶는 원피스를 입고 갔다. 몇 컷의 사진을 보니 손이 모두 허리끈에 가 있었다. 풀어진 끈을 겨우 잡고 있는 자세였다.

낭독회

2016년. 6월 그리고 8월. 선생님의 낭독을 들었다. 6월에는 후배 시인들이 선생님의 시산문집 『않아는 이렇게 말했다』에서 읽고 싶은 페이지를 골라 계속 읽었다. 나오고 앉고 읽고 들어가고. 맨 뒤에 앉겠다는 선생님을 맨 앞에 앉아 계시게 한 후였다. 후배 시인들의 낭독이 끝나고 선생님이 두 편 읽으셨다. 그러고 나서는 독자와 시인들의 질문에 생일 밥처럼 수북히 담은 대답을 들려주셨다. 쓰기의 방식이 아니면 좀처럼 목소리를 만들지 않는 선생님이기에, 선생님의 성심을 알 듯도 하여 더 감사했다. 레트로풍의 카페에서였다.

8월에는 가파른 계단을 내려간 지하 소극장에서였다. 『피어라 돼지』 『죽음의 자서전』, 두 권의 시집 낭독회. 무대에 테이블이 하나, 의자가 하나. 선생님은 의자에 앉아 계속 시를 읽으셨다. 높낮이 없이, 쉬지 않고, 말씀하실 때의 속도보다 조금 빠르게. 선생님의 평소 말투에 비하면 술술, 일상적 말투보다 더 일상적으로 읽으셨다.

선생님의 낭독이 끝나면 시들이 사라졌다. 휘발이 아니라 무용을 마친 무용수들이 차례로 무대 뒤로 들어가는 느낌. 자신의 역할을 다하고 무대 뒤로 들어가서 잠시 멈췄다 일상의 옷을 입는 무용수들처럼 차례로 차례로 들어가는 언어들이 있었다.

선생님이 내게 시 하나를 읽으라고 하셨다. 「춤이란 춤」이라는, 짧지 않은 시였다. 선생님의 낭독 중간쯤에 읽었다.

"이 춤을 다 추면 얼음이 녹고요 그리고 당신은 죽어요"

녹고요 — 만 있는 순간. 녹고요 밖도 안도 이전도 이후도 없는 녹고요의 순간. 녹고요의 순간이 생겨났으므로 녹고요의 순간을 지났다. 시인의 언어를 겹쳐 입어 본 순간. 그리고

당신은 죽어요.

우체국에 관심이 생겨 우체국에 자꾸 가요

낭독이 끝나자 선생님이 말씀하셨다. 선생님과 우체국. 의외였는데 신선했다. 어울렸다. 바다가 보이는 언덕쯤에 있는 우체국이 떠올랐다. 진한 밤색으로 된 작은 예배당 모습이

었다.

출간: 2016. 2. 25. ⇒ 2016. 3. 3. ⇒ 2016. 5. 24. ⇒ 2017. 4. 14. ⇒ 2017. 8. 2.

시산문집 『않아는 이렇게 말했다』 2016. 2. 25. — 시집 『피어라 돼지』 2016. 3. 3. — 시집 『죽음의 자서전』 2016. 5. 24. — 복간 시집 『어느 별의 지옥』 2017. 4. 14. — 시론집 『여성, 시하다』 2017. 8. 2.

2016

선생님 시가 있어 어둠의 시간들을 견뎠다. 자꾸 깜깜했고 자꾸 무서웠다. 자꾸 울었는데 머리가 울음으로 더 꽉 찼다. 공동체의 구성원들을 무기력 상태에 몰아넣는 게 최대의 공포정치임을 알았다. 잡고 일어날 곳이 단 한 곳도 보이지 않는 지경까지 몰락하면 사회 전체가 질식 상태에 놓이게 된다. 그러나 숨을 못 쉰 것은 나 자신이므로 책임은 전적으로 나에게 되돌아온다는 것.

시를 꽉 붙잡고 있기에 나는 악력이 부족했다. 2016년에 나온 선생님의 두 권의 시집을 읽고 울었다. 선생님께 죄송했다. 내 머리에 숨이 들어가고 나오는 자리가 생겼다.

대속

어두운 밤길이 계속될 때. 낮이 되어도 어두운 밤길이 계속될 때는 빛이 아니라 어둠이 필요하다는 것. 어둠보다 더 깊은 어둠이 되어 어둠을 밝히는 것. 지금 여기의 시간을 정면에서 앓는 대속에게서만 나타날 수 있는 자리. 선생님이 그 대속을 겪어내고 있었던 것이다. 시집을 다 읽고 나자 선생님이 보였다. 선생님은 거기 없었다. 시를 읽는 동안 시에만 있었다.

피어라 돼지

조용. 바람이 불었다가. 허공이 살점처럼 떨어졌다가. 흩날렸다가. 핏빛이었다가. 멀리 가까이 징 치는 소리가 들렸다가. 냄새가 났다가. "qqqqqq" 울음과 뒤범벅이 되었다가. 신호였다가. 쏟아졌다가. 뭉개졌다가. 파묻혔다가. 거기를 헤치고 나오는 돼지와 돼지와 몸 바꾼 나와 돼지는 부활하고 나는 사라진. "Pink Pigs Fluid" "분홍" 속살.

극이라니까. 커튼 뒤 악몽이라니까. 돼지9는 말해도 계속 말해도 돼지9를 벗어나지 못한다. 다른 돼지9는. 두드렸다가 항변했다가 비웃었다가. 돼지9. "돼지"구. 겹쳐졌다가. 몸바꾸는데 계속 그 몸이었다가. 뒤뚱거렸다가. 도돌이표. 끝나지 않는 냄새와 소리. 발들이 우글거리는 빌딩이 진흙탕으로 들어간다. 무너지지 않고 그대로 들어간다. 진흙탕도 빌딩도

꿈쩍 않는다. 서로의 목구멍에 꽉 찼다.

> 돼지9 똥 위에 젖가슴을 대고 엎드린다
> 돼지9 똥 위에 젖가슴을 대고 엎드린다
>
> —「돼지라서 괜찮아」 부분

이 발성은 여기까지 다다른, 여기를 떠나지 않는 몸만이 가능한.

> 있지, 조금 있다 고백할 건데 나 돼지거든 나 본래 돼지였거든
>
> —「돼지는 말한다」 부분

이 발성은 자신까지 흩어 버리는. 자신까지 희화화하는. 깨진 거울을 가진 자만이 낼 수 있는 목소리. 나에게로 향하는 죽지 않는 거울을 가진 자의 목소리.

이곳이 차마 꿈엔들 잊힐 리야

나는 밤마다 우리나라 고문의 역사를 읽다가
아침이면 창문을 열고 저 산 아래 지붕들에 대고 큰 소리로 노래를 부른다
이곳이 차마 꿈엔들 잊힐 리야

나에겐 노래로 씻고 가야 할 돼지가 있다

노래여 오늘 하루 12시간만 이 몸에 붙어 있어다오

—「피어라 돼지」 부분

8월 낭독회 때 선생님이 아침마다 창을 열고 이 한 구절을 노래로 계속 불렀다는 얘기를 하셨다. 그곳을 이곳으로 바꿔 불렀다고 하셨다. "구름과 땅 사이 펼쳐진 거대한 검은 봉지/ 어둠이 우리를 담아 들고 출렁출렁 춤추는 밤"(「어두운 깔깔 클럽」)은 그곳이 아니라 이곳이었으므로, 이렇게라도 길을 터주지 않으면 "아직 죽지 않아서 부끄럽지 않냐고 매년 매달 저 무덤들에서 저 저잣거리에서 질문이 솟아오르는 나라에서"(『죽음의 자서전』 시인의 말) , 문 열고 나올 수 없었다는 뜻이었으리라.

이것이 애도가 아니라면

왜 세상에서 제일 예쁜 것들이 제일 먼저 떠날까

왜 세상에서 제일 나쁜 냄새가 제일 나중 떠날까

엄마 품에서 떨어지지 않는 죽은 새끼 냄새 같은 것

—「Pink Pigs Fluid」 부분

매일매일 몸 밖은 물로 씻고

몸 안은 피로 씻었다고 하지 마라

—「마릴린 먼로」 부분

몸 버리고 가라는데 몸 데리고 간다

돼지 버리고 가라는데 돼지 데리고 간다

꿈속에서 나가

이제 그만 새나 되라는데

몸 속에서 새가 운다

—「산문을 나서며」 부분

다 불러들였다. 나를 내주고 저들을 겪는다. 이것이 대속이 아니라면. 이것이 진혼곡이 아니라면. 멀리, 깊이, 너머까지 따라가서 몸 내어 주고 죽음과 몸 바꾼 애도의 목소리가 아니라면. 저곳에서 이곳을 보는, 이곳에서 저곳을 쓰는 것이 시가 아니라면. 도대체 무엇이 시인가.

죽음의 자서전

지하철 탔다. 서는 곳마다 섰다. 물을 건널 때는 물을 건넜다. 지상이 보일 때는 지상을 봤다. 갔다 왔다. 갔다 오지 않았다. 죽음이 지하철 탔다.

너는 너로부터 달아난다. 그림자와 멀어진 새처럼.

너는 이제 저 여자와 살아가는 불행을 견디지 않기로 한다.

—「출근-하루」 부분

간 다음에 가지 마 하지 마

온 다음에 오지 마 하지 마

떠날 땐 눈 감기고 손 모아주면서 가지 마 가지 마 울더니

문 열어 문 열어 했더니 오지 마 오지 마 하잖아

—「간 다음에-엿새」 부분

울지 말아라 눈물을 흘리면 코마에 빠진 시민의

욕창으로 다시 태어나리니

—「서울, 사자의 서-스무이틀」 부분

네가 칭얼거리는 어린 죽음들에게 젖을 물린다고 말해야 하나

—「우글우글 죽음-서른나흘」 부분

아님과 함께 산다는 것

(……)

오히려 뱀 같은 친구를 조심하라고

따귀를 갈기는 아님과 함께 평생 산다는 것

네게 늘 벗으면

부끄럽지 않니 하고

묻는 벌거벗은 빛과 함께 산다는 것

―「아님-서른엿새」 부분

칠칠은 사십구

"이 시집(49편의 시)을 한 편의 시로 읽어줬으면 좋겠다." "칠칠은 사십구라고 무심하게 외워지는 것처럼, 구구단을 외우고 나면 아무것도 남지 않는 것처럼 이 시를 쓰고 난 다음 아무것도 남지 않기를 바랐다."(『죽음의 자서전』 시인의 말)

49. 죽음이 죽음의 몸과 헤어지는 마지막 나날들. 죽음의 몸인 나와 몸 없는 죽음인 내가 서로 "이별에서 이별"하는 날들.

마요

너는 네가 아니고 내가 바로 너라고 너를 그리워 마요

49일 동안이나 써지지 않는 펜을 들고 적으며 적으며 너를 그리워 마요

―「마요-마흔아흐레」 부분

마요.

마요.

마요.

눈발이

차곡차곡. 쌓이며.

차곡차곡. 녹으며.

아픈 것.

다친 것.

끔찍한 것.

덮어주었다.

어떡하겠어요

짧은 이 한마디는 선생님이 자신에 한해 쓰는 말이다. 자신에 관한 일이라면 언제나 지는 위치다. "그러래요." 역시 짧은 한마디. 무심하게 타인을 얘기하듯 자신을 접음. 그 간결함에 늘 당황하는데, 시간이 흐른 뒤 보면, 선생님은 자신이 무심해질 때까지 '앓이'를 혼자 감당하고 계셨다. 선생님은 물음표를 자신에게만 붙이는 사람. 다 알고도 다 모르는 사람.

깨진 거울

감당. 그것은 이런 것일 것이다. 나르시시즘을 가지지 않는 자의 자리. "않아"의 자리. 모조리 들춰 보겠다의 자리. 특히 자신의 바닥까지를. 이런 자는 "종일 영화관은 깨어졌는데 어쩐지 영화는 계속 상영되는 벌판에 서 있"(「월식-열이틀」)는 존재이고, "너는 네 몸 밖의 유리창에/ 매달려 눈물을 닦"(「묘혈-열이레」)는 존재다.

선생님이 들여다보는 곳은 깨져 있다. 거울이 아니라 얼굴이 깨져 있다.

검정 투명 조각

선생님이 어떠하게 지내셨으면 좋겠다는 마음이 들 때가 있다. 그래서 선생님의 검정 투명 조각을 들어보고는 한다. 그러나 조각을 맞춰 보겠다는 생각을 해 본 적은 없다.

녹고 있는, 설탕의 테두리

문득 문득 혼자인 선생님을 마음에서 만날 때가 있다. 그럴 때 기울기는 김혜순 시인보다는 김혜순 선생님이다. 세상이 하루를 준비하는 시간. 선생님이 언덕을 오른다. 몸은 가볍고 작다. 골목을 걷는 선생님도 있다. 새로 생긴 작은 쇼윈도를 들여다보는 선생님. 생각보다 빠르게 본다. 오래된 문방구 앞은 더 빠르게 지나간다. 문방구를 지나간 선생님이 문방구에 있다. 선생님은 가고 투명한 선생님만 남겨 놓은 신기한 자세다. 테두리가 보이는데 졸여지고 있는 검은빛이 살짝 감도는 것으로 봐서는 설탕처럼 녹고 있는 중. 한밤에 TV를 보는 선생님도 보인다. 정면에서 본다. 선생님은 보이지 않고 뚫어지게 보는 시선만 있다. 그런데 온통 검정이다.

!

최근 선생님에 대해 더 알게 된 하나. 선생님의 예민함은 상상을 초월하는 어떤 것이었다.

이게 아닌데

어떻게 그렇게 긴 시간, 전위를 가꿔 오셨나요?

않아는 대답했다.

그렇게 긴 시간 '이게 아닌데, 이게 아닌데' 했을 뿐이에요.

그러다 보니 '이게 아닌데'가 아니면 시 같지 않았어요, 라고 대답했다.

그러다 보니 '이게 아닌데'가 아니면 시 같지 않았어요, 라고 대답했다.

'이것인데' 하고 알아맞힐 수 있는 시들을 쓰게 되면 버렸지요, 라고 덧붙였다.

—「전위 시인」, 『않아는 이렇게 말했다』

칠리 콘 카르네

볶는다.

볶는다.

볶는다.

.

.

.

끓인다.

끓인다.

끓인다.

.

.

.

피가 태양의 성분이라는 것을 증명하는 맛 같은.

—「칠리 콘 카르네」, 『않아는 이렇게 말했다』

김혜순 시.

안상수
날개 사전

one eye

안상수는 만나는 이들에게 자신의 한쪽 눈을 가려 보인다. 말이 아닌 그의 손을 따라 사람들은 자신의 한쪽 눈을 가린다. 어떤 이는 숟가락처럼 볼록하게 가리며 어떤 이는 입까지 막아 버린다. 두 방향뿐인데도 우왕좌왕하는 이도 있다. 안상수는 그 얼굴들에 앵글을 맞춘다. 그럴 때 안상수는 짧은 미소를 짓고 카메라를 올리고 찍는다. 그게 전부다.

1988년부터 찍은 〈one eye〉 사진은 3만 장 가량 된다. 안상수의 시선 앞에 놓인 이들은 한순간에 한쪽 눈으로 보는 이가 된다. 안상수는 한쪽 눈으로 보는 이를 대면한 이가 된다. 안상수의 눈이기도 할 카메라의 눈과 스스로 자신의 반을 가린 눈은 서로를 본다. 눈과 눈은 중간쯤에서 만난다. 한 눈과 한 눈이 만나 한 눈이다.

한 눈. 필연적인 눈이며 꼭 있어야 하는 눈. 감으면 온 세계가 사라지는 눈. 그러므로 안과 밖이 열렬한 눈.

안상수가 자신의 한 눈을 가리며 카메라를 들었을 때, 어색해하며 내가 내 한 눈을 가렸을 때, 안상수의 세계는 'one eye'라는 것을 알았다. 그곳은 놀랍도록 선명했다.

안상수체

"글자가 디자인의 바탕이라는 생각" 위에서 안상수의 세계가 펼쳐진다. 글자, 한글은 그에게 바탕이다. 한글은 단정한 글자다. 천진하고 의젓한 글자다. 협동하는 글자다. 민주적인 글자다. 탈네모틀 글자 안상수체는 한글과 속이 닮았다.

안상수체는 간결한 글자다. 최소한의 글자다. 더 작아질 수 없는, 더 커질 수 없는, 정확한 글자다. 겉의 질서에 얽매이지 않는 글자. 조화라는 외투를 벗어던진 글자다.

판단중지(epoche)의 글자다. 초성에 쓰여도 받침에 쓰여도 같은 크기, 같은 모양이다. 받침 자리가 비었다고 해서 중성을 길게 늘여 쓰지 않는다. 초성은 중성과, 중성은 종성과 순차적으로, 직전의 시간에 관여하는 방식이다. 현상학적 시선을 따르므로 종속되지 않는다.

평등한 글자다. 작은 것은 작게, 큰 것은 크게, 제 모양으로 나타난다. 크다고 작은 것을 가리지 않는다.

안상수체를 꽤 오래 썼다. 안상수체는 내게 홍학의 춤과 같다. 접은 다리도 있고 편 다리도 있다. 희게도 보이고 붉게도 보인다. 글자가 움직인다. 움직이니 질서정연하지 않다. 글자 이전에 춤이 먼저다. 살아 있다. 가독 이전에 생기 있는 글자다. 그러므로 글자는 글자를 넘어선다. 글자를 지운다. 지워지지 않는 글자가 나타난다. 그것은 글자다. 의미가 사라진 글자다. 해독되지 않는 글자다. 막 생겨나고 있는 처음의 글자다. 박동이다.

스프링

"창조의 모범 세종. 문자유희로서의 이상." 안상수가 밝힌 안상수 세계의 두 축이다. 세종과 이상이 만나면 안상수 세계가 된다. 직선이 만드는 스프링, 곡선이 만드는 꽃나무.

글자인간

안상수는 글자인간이다. 글자를 가지고 할 수 있는 모든 것을 시도한다. 고도의 몰입이다. 시도 이후가 시도되니 발명의 영역이다. '한 번 더'로 열려 있으니 미지의 영역이 늘 남아 있다.

안상수체는 안상수에 의해 탈주한다. 안상수는 안상수체를 해체한다. 안상수체를 해체해서 만든 이상체는 "초성 중성 종성을 사선으로 나열한 독특한 구조"를 가진다. "날자 날자 한 번만 더 날자꾸나"(이상, 「날개」)라는 문장처럼 달아난다. 사선이 된다. 사선은 정면의 해체다. 해체는 앞과 뒤의 포착이 동시에 일어나는 능동적 움직임이다. "악수를 모르는 왼손잡이"(이상, 「거울」)처럼, 먼저 나간 오른손을 따라오려는 왼손이다. 오른발에게 같이 가, 아니 먼저 가, 그런 의도를 가진 왼발이다. "악수를 모르는 왼손잡이"(이상, 「거울」)처럼, 먼저 가 있던 미래다.

"일정한 길이와 굵기의 선이 그리드를 나누는 하나의 모듈"이 되는 마노체, '정사각 모듈을 조립하여 만든 한글 쪽자'에 6종의 글자가족을 거느린 미르체. 하나같이 서늘함 속 경쾌함. 그것은 유희다. 유희는 높은 곳에서는 나올 수 없다. 유희는 낮은 자리다. 어린아이의 자리. 천진한 자리. 무엇을 품어야 글자가, 문자가, 활자가 되는지를 안상수의 손은 알고 있다.

문자얼굴

문자얼굴 이상은 웃는다. 문자얼굴 안상수도 웃는다. 파안대소 아니고 '방긋' 정도다. 이상과 안상수는 ㅇㅅㅇ으로 된 one eye다.

문자얼굴 이상은 동그랗게 웃는다. 열쇠와 자물쇠가 아래로 나란한 채, 벌린 입이다. 글자를 만드는 중인지 삼키는 중인지는 모른다. 문자얼굴 이상도 모른다. 그게 좋다. 문자얼굴 이상을 한참 들여다보고 있으면 가파른 얼굴이다. 쏟아지는 얼굴이다. 놓치는 얼굴이다. 아니다. 날아오르는 얼굴이다. 감추는 얼굴이다. 흔적도 없이 깊은 허공 속으로.

문자얼굴 안상수는 한 번 더 놓친다. 그래서 언제나 한 번 더 갈 얼굴이다. 그래서 생겨난 거울얼굴이다. 제 손으로 닦아 다시 세운 얼굴이다. 거울 바닥을 제 손으로 잠근 얼굴이다. 상하좌우 뒤집어도 얼굴이다. 입과 눈이 동일한 질량으로 움직인다. 깊은 우물 속에 거울얼굴이 존재한다.

괴로움으로 따지면 이상보다 안상수다. 질주한 자리에

이상의 얼굴은 없다. 질주를 따라간 까닭이다. 안상수는 질주 대신 시선의 바닥을 만든다. 이상은 모든 것을 삼키는 거울이고 안상수는 표석을 놓으려는 거울. 글쟁이의 전위와 글을 바탕으로 한 디자인쟁이의 전위가 나눠지는 지점이다. 심연의 안쪽에서 나타난다는 것, 어느 순간에도 유머러스하다는 것, 새로움을 자꾸 자꾸 갱신한다는 것. 둘의 교집합.

문자도

안상수의 작업은 이식(移植)이다. 글자들은 무엇이 되려 했는가. 무엇이 되지 않기 위해 글자들은 안상수 머리에서, 무용수들의 몸에서, 아래아에서 나타났다. 이식은 순간성이다. 뿌리를 내리려 했다면 무모한 방식으로 심지 않을 것이다. 고려가 필요했을 것이다. 현실의 이식은 잘 자랄 수 있는 곳에 한다. 안상수의 이식은 낯선 곳이다. 예술은 잘 자라느냐가 중요한 것이 아니라 거기까지 갔다에 있다. 그러므로 안상수의 머리에 심겨진 것은, 무용수들의 몸이, 아래아의 무한한 반복이 표현한 것은 글자의 해방.

안상수의 표현대로 "당돌한 글자 한글". 마찬가지로 당돌한 안상수체. +의 방식이 아니다. +의 세계 아니고 x의 세계다. 여백과 비약, 상상이 있다. x의 방식은 충돌이다. 충돌인데

서로 만나기 직전 멈춘다. 사이가 있다. 당돌한 존재들은 중력을 자기 안에 가지고 있는 법. 상형문자 이전이 탄생한다.

공감각

ㅅ은 길이 되고 숲이 되고 바람이 된다. 세종의 ㅅ. ㅇ는 끝끝내 듣는 귀도 되고 어둠을 옮기고 있는 반딧불이도 되고 ㅇ만으로 만드는 화음도 된다. 이상의 ㅇ. 멋지지 않은가. 흙냄새가 나는 채로 오는 글자라니. 하늘을, 씨앗을 품은 오감의 글자라니.

活子

타이포가 먼저 보였다면 아직 타이포가 되지 못한 타이포. 의미가 먼저 보인다면 아직 시가 되지 못한 시. 시에 이르지 못한 시.

살 활, 물 콸콸 흐를 괄이 먼저 느껴졌다면 활자의 시.

새벽 6시

안상수의 여정을 무엇이라고 말하고 싶으냐고요? 거두절미 시적이죠. 옳고 그름 너머에 있죠. 최종에는 예술이 남죠. 허공처럼요. 안상수는 새벽 6시예요. 가로지르며 새벽을 만들죠. 조금 전 존재했는데 지금은 없어요. 말끔해요. 그가 지금 어디에 있냐고요? 빛에게 눈을 가리라고 했을 거예요. 어둠이 ㅇㅇ 나타나고 있을 거예요. 그곳은 새벽 6시 부근. 물들지 않는 곳. 바탕의 터. 적삼을 입고 그가 손을 뻗어요. 색동으로 된 적삼인줄 그도 잊었지요. 허공과 손이 만나 ㅅ을 만들어요. 허공이 만든 것이죠. ㅇ. 허공으로 만든 것이죠. 허공이 감출 것이죠.

안상수가 어디쯤 갔느냐고요? ㅎ 끌고 가요. 아니 떠메고 가요. 웃으며 가요. ㅎㅎㅎ 곡선 직선 정확하게 나눠 가요. ㅎ을 따라 ㅎ 가요. 행렬이에요. 반복이에요. 같은 ㅎ이에요. 같지 않은 ㅎ이에요. ㅎ 뒤에 나타난 ㅎ이에요. 자꾸 벗어나는 ㅎ이에요. ㅎㅎㅎ 점점이에요. 꽃잎이에요. 꽃잎 ㅎ이에요. ㅎ 홀로예요. ㅎ 하나예요. 원아이예요. ㅎ 한글이에요. ㅎ은 중요하죠. 맨 끝이죠. 맨 끝이죠.

안상수가 떠메고 왔어요. 비로소 시작일까요. 모르죠. 날 때만 나타나죠. 보고 있으면 보이죠. 그러고는 사라지죠. 날개죠.

흰-검정/흰-빨강

펄럭임. 흰 바탕. 검은 글씨. 그리고 빨강. 여러 모양의 심장. 물컹거리지 않으면서 뛰는 심장. 펴서 새로 날릴 수 있다. 펴서 행커치프로 꽂을 수 있다. 담쟁이덩굴에 매달 수 있다. 의미가 앞서지 않는 캠페인으로 쓸 수 있다. 한 눈인 사람의 한 눈에 유일무이한 눈동자로 이식될 수 있다. 안의 뜨거움을 식히는 테두리를 가진. 안은 뜨겁고 테두리는 미지근한. 희고 빨간 말고, 희고 검은 말고, 흰-빨강을 본 적 있는가. 흰-검정을 본 적 있는가. 흰-검정은 무엇인가. 흰-빨강은 무엇인가. 안상수의 작업은 그곳에 이른다.

ㅇ/ㅎ

날개를 가진 새를 자유로움의 상징으로 보는 것은 인간의 해석. 새의 날개는 언제나 허공을 한 번 더 건너가야 하리. 안상수와 허공 또는 안상수와 한글 사이.

날개는 한 번 더 허공을 건너가야 하리. 날개의 운명. 보는 입장에서는 확장이고 날개의 입장에서 보면 한 번의 펄럭임이다. 안상수는 5년 전 파주타이포그라피학교(PaTI)를 만들면서 교장 대신 날개라는 호칭을 스스로 붙였다. 안상수 날개가 선택한 운명.

흰 바탕. 한글. 안상수. 원아이가 다시 질문을 던졌다.

김행숙으로부터
김행숙으로까지

김행숙이라는 기시감

만나고 있지 않을 때의 김행숙이 더 선명하다. 소식이 없을 때의 김행숙이 더 선명하다. 만나서도 서로 말하고 있지 않을 때의 김행숙이 나는 더 친밀하다. 누군가 김행숙과 친하다면서요, 하고 물으면 대답을 할 수가 없다. 자주 전화 통화를 하지도 않고 자주 만나지도 않는다. 문득문득 신속성이라는 기능을 탈각한 메일과 문자메시지를 각각의 시간에 보낸다. 우리는 거듭 생각해 봐도 친하다는 말 속에 있지 않다. 김행숙은 내게 기시감이다. 한 번도 본 적이 없었을 때부터, "사라지지 않는" 어느 시간을 공유했던 것을 그냥 알겠는, 그런 파동. 그런 슬픔.

김행숙과 나는 어떤 같은 주파수를 사용한다. 그래서 김행숙은 나보다 먼저 내 미래에 가 있기도 한다. 나도 그러는 순간이 있다. 작년 겨울의 새벽, 김행숙이 당신 괜찮지 괜찮지 괜찮지, 라는 말을 세 번 반복한 문자메시지를 보냈다. 나는 그날 오후에 내게 올 고통의 시간을 모르고 있었고 그 시간이 내게 왔을 때, 내 미래에 먼저 도착한 김행숙의 그 언어가 나를 돌봐 주고 있음을 알았다.

느낌

김행숙이 내게 보낸 최초의 말은 '이상한 에너지'다. 2001년 내가 두 번째 시집을 보냈는데 메일이 왔다. 문인 주소록에 그 전에 살던 곳과 현재 살던 곳이 조합된 주소가 적혀 있어 우편물이 온 적이 없는데 내 시집은 왔다고 했다. 그리고 2003년 10월 김행숙에게서 첫 시집이 왔다. 이상했다. "내가 사라지는 곳으로부터 더 멀리에서 나타나고 싶었다."는 김행숙의 시간을, 나는 이미 알고 있었고 어느 시간에서 나타나든지 나는 그녀를 알아볼 것 같았다. 느낌은 오는 것이 아니라 그냥 알겠는 것이어서, 나는 김행숙이 어떤 나무에 함께 돋아나게 된 잎사귀처럼 신기했다.

2005년 10월 행숙 씨는 지저귄다

한번 만나자는 약속만 걸어 두고 꼭 2년이 흐른 가을날,

광화문에서 만났고 삼청동에서 스파게티를 먹고 부암동에서 커피를 마셨다. 12시쯤 만나 6시쯤 헤어졌다. 처음 본 김행숙은 열심히 말했다. 최선을 다해 말했다. 아니 말하는 것이 아니라 지저귀는 새 같았다. 스파게티를 먹는데, 사람 만나서 말을 많이 한 날은 집에 가서 좀 앓아요, 김행숙이 말했다. 상대방이 불편하면 싫잖아요 그런데 나는 말이 싫어요, 내가 말했다. 커피를 마시는데, 사람들한테 존댓말을 잘 못 써요 뭘 잘 잃어버려요, 김행숙이 말했다. 존댓말하고 반말하고 막 섞어 써요 잘 부딪쳐요 멍투성이에요, 내가 말했다. 기절해서 양호실 자주 갔었는데 어느 날…… 김행숙이 말했는데, 쓰러지는 나를 내가 내려다보고 있다는 것을 안 그날 이후부터 다시는 안 쓰러지게 됐어요, 내가 말했고, 우리는 어둑어둑해지는 인사동 초입에서 헤어졌다. 김행숙은 웃을 때 나처럼 윗잇몸이 보였다. 김행숙은 나와 많이 닮은 사람이었다. 돌아오는데 슬픔 같은 것이 출렁거렸다. 나는 자꾸 이상했다.

얼굴

그리고 그해 12월 한 송년회에서 우연히 다시 만났다. 늦은 밤 집에 가려고 한 무리의 사람들과 나왔을 때, 한순간 김행숙의 얼굴을 잊을 수가 없다. 조금 전까지만 해도 이 세상 속에 전혀 불편하지 않은 얼굴을 하고 있었는데, 돌아서는 김행숙은, 세상에 이제 막 처음 나왔거나 세상에서 마지막으로 돌아서는 표정을 가지고 있었다. 매혹과 공포가 함께 들어 있는 얼굴이었다. 김행숙의 얼굴을 보게 된 그날부터 나는 김행숙이 사람들과 헤어지는 그 한순간을 걱정한다. 그래서 헤어지는 순간이 오면 김행숙의 얼굴이 김행숙에게로 확 돌아가지 않도록, 천천히 돌아가도록, 나는 김행숙에게 자꾸 말을 건다.

행숙의 이

행숙에게서 가장 행숙다운 것은 '이'다. 행숙은 치아가 아닌 이를 가지고 있다. 아기들의 그것처럼, 이는 작고 촘촘하다. 입을 다물고 있을 때의 얼굴에는 두려움이 가득하지만 입을 벌리고 웃기 시작하면 그 이가 조르륵 드러난다. 웃으면 아이가 된다. 내가 아는 한 그 표정이 가장 행숙답다.(왜 그런지는 모르지만 이가 드러날 때는 김행숙이 아니라 행숙이다.) 행숙의 언어가 "나는 맑아지고 의심이 없어진다."(「얼굴의 몰락」)는, "재미있을수록 나는 순수해진다."(「당신의 표정」)는 천진성의 방향을 가지는 것은 그런 이를 가지고 있기 때문일 거라고 나는 생각한다.

행숙 군, 그녀의 언어

나는 김행숙에게서 '당신'이라는 말을 배웠다. 당신이 그렇게 글썽이는 말인 줄 몰랐다. 나는 김행숙, 행숙, 친구, 행숙 군, 당신, 너라고 쓰고 김행숙은 이원, 원, 당신, 친구, 언니, 너라고 쓴다. 우리가 쓰지 않게 된 호칭은 김행숙 시인, 행숙 씨, 이원 시인, 이원 씨 뿐이다. 나는 김행숙에게서 한 존재를 동시에 여럿으로 호명할 수 있다는 것을 배웠다. 김행숙은 열 줄의 메일 안에서 이원, 언니, 당신, 너라는 호칭으로 나를 바꿔 부른다. 그러므로 「호르몬그래피」의 어법을 빌린다면, 김행숙은 내가 당신이라고 부르면 당신이 되었다가, 친구라고 부르면 친구가 되었다가, 행숙 군이라고 부르면 행숙 군이 된다.

현실의 김행숙이 그러하므로 김행숙의 시도 그러하다. 김행숙의 시에서 모든 시간이, 호칭이, 서술어가 뒤섞이는 것이 가능한 것은 그곳이 '감각의 세계'이기 때문이다. 감각은 언어 이전이다. 언어 이전의 세계를 언어로 보여 주는 김행숙의 시에서 언어는 늘 한발 늦게 도착하는 시간이다. 한발 늦게 도착하는 시간을 한발 빠르게 도착하는 시간으로 만들어 내는 '불가사의'한 놀이를 김행숙은 재미있어한다. 불가사의하니까 간격이 크고 간격이 크니까 언어는 "발끝에 에너지를 모으고 있"(「발」)는 '무용수들의 발'처럼 팽팽하다. 그리고 김행숙이 재미있어 하니까 '언어가 사라지는 곳으로부터 더 멀리에서 나타나는 언어'가 가능해진다.

'감각'은 김행숙이 원한 자신의 방향이므로, 감각의 반대 방향을 가져와 김행숙의 시를 읽으면 힘든 것이 당연하다. "더 휘저어라, 나는 충분히 섞이지 않았다."(「사라지는, 사라지지 않는」)는 김행숙의 운동은, 의미를, 판단을, 구분을 지우는 데 몰입한다. "연약한 것, 갈 곳 없는 것, 사라지는 것"의 방향으로, "파동의 굴절, 만져지는 빗방울"(「더 작은 사람」)의 방향으로 운동한다. 그러므로 김행숙의 시 속으로 들어가려면 일단 팔짝팔짝 뛰어야 한다. 뛰어오르면 "너는 십 년 만에 비춰 보는 내 거울"(「귀신 이야기 1」)이라고 말하는 "상고 머리의 여자 귀신"을 보기도 하고 "나는 고양이를 초월하여 고양이"(「고양이 군의 25시」)인 '고양이 군'을 만나기도 하면서, 점점 "맑아지고 의심이 없어진다".

김행숙은 점점 더 가벼워지고 탄력이 붙는 이 감각의 운동이 공포의 방향으로 열려 있다는 것을 안다. 김행숙은 "재미있을수록 나는 순수해진다."는 시구 바로 다음에 "죽음을 똑같이 나누는 두 개의 접시처럼."(「당신의 표정」)이라고 쓸 수밖에 없다. 순수해질수록 세상의 모든 것은 더 잘 보이기 때문이다. 그러니 김행숙이 할 수 있는 것은 공포가 커진 만큼, 아니 공포의 속도보다 몇 배를 더 빨리 "으으으 달릴 뿐이다"(「폭풍 속으로」). 언어에서 가장 먼 곳으로부터 나타나는 언어,

시의 언어가 갈 수 없는 그래서 시의 언어만이 갈 수 있는 극단, 불가사의해서 순수한 놀이, "고양이를 덮는 고양이"인 행숙 군, 그녀의 언어가 만들어 가는 "파도 같고 눈송이 같고 모포 같"(「고양이군의 25시」)은 세계.

숲속의 엉뚱한 기사들

2006년 11월 21일 내가 김행숙에게 이런 메일을 보냈다.

어느 생에서는 우리가 나란히 말을 타고 숲을 달리는 기사였는데, 늘 우리 둘만 제일 활을 쏘지 못하는 말썽꾸러기였고, 그러면서도 숲을 쏘다니는 것은 제일 좋아하는 엉뚱한 기사였을 것 같아. 그 생에서도 우리 둘은 함께 키가 컸었고, 다른 생에서도 만나자, 만나면 서로 못 알아보는 척할 테지만, 서로에게서 나는 숲 냄새 때문에 그 생이 왈칵 서로에게 떠오를거야, 그랬던 것 같아.

2007년 12월 7일 김행숙이 내게 이런 카드를 주었다.

찾아 줘서 고마워……. 같은 곳에서 서로 다른 얼굴로 있어도 함께 기억하는 것. 아주 오랜 시간이 지난 다음에 그러니까 한 백 년 쯤 후에 떠올릴 어떤 기억……. 이름도 지워진 어떤 해변에서.

그리고 카드와 함께 건네준 영화 DVD는 「소녀들은 수영을 못해」였다.

김행숙, 우리는 숲속의 엉뚱한 기사들이니까 수영을 못 하는 거야. 이번 생에서도 열심히 시 쓰면서 숲속을 쏘다니자고.

‘복자수도원’의 그이, ‘언니 하나님’ 되다

진명 언니

‘진명 언니’를 본 지 22년 됐다.(세상에! 그런 줄 몰랐는데, 거슬러 올라가 보니 그렇다.) 내가 이진명 시인을 부르는 호칭은 단 하나, 진명 언니다. 처음부터 지금까지 쭉 진명 언니다. 그냥 언니가 아니고 진명 언니다. 왜 그런지는 모르지만, 진명 언니, 그렇게 부를 때, 내가 느끼는 진명 언니가 된다. 우리는 서울예대 문창과 87학번 동기다. 같은 선생 밑에서 배웠고, 같은 공간에서 시 비슷한 것을 썼다. 서른세 살 때 늦깎이로 예대에 들어온 언니는 1학년 때 이미, 훗날 첫 시집에도 실린, “내 산책의 끝에는 언제나 없는 복자수도원이 있다.”로 끝나는 아름답고 신비로운 시, 「복자수도원」으로 ‘예대 문학상’ 장원을 했다. 120명이나 되는 학생 수 때문에 두 반으로 나누어 수업을 했는데, 내가 속해 있던 b반에 함민복이 있었다면, a반에는 진명 언니가 있었다.

진명 언니와 밥도 같이 먹었고, 시집을 서로의 주소로 보냈고, 언니의 가족인 색동 한복을 입은 어린 딸과 기택 선생님(진명 언니가 진명 언니이듯이 김기택 시인은 내게 기택 선생님이다.)을 오규원 선생님 댁에서 만나기도 했고, 언니의 시를 따라 아주 먼 시간까지 걸어간 순간도 자주 있었고, "누구나 자신의 호흡수를 가지고 태어난다고 해. 호흡수가 다하는 순간 어떤 형태로든 이 지상에서 떠나게 된다."는, 언니가 해 준 이 말이 나를 지금도 위로하고 있기도 하다. 그러나, 그럼에도 불구하고, 나는 진명 언니의 실제에 대해서는 아는 것이 거의 없다.

내가 아는 것은 언니가 55년생이라는 것.(이것도 시단에 55년생 여자 시인들이 여럿이기 때문에 우연히 알게 된 것이다.) 기택 선생님이 남편이고, 딸아이가 하나 있다는 것, 미아 쪽의 아파트에 산다는 것, 식구들이 잠들고 세상이 고요해진 새벽 2~3시에 시를 쓴다는 것, 산과 불교를 좋아한다는 것, 고작 그 정도.

물론 이것은 사람과 만날 때, 그 사람의 순간과만 만나는 내 방식에서 비롯된 것이기도 하다. 사람의 몸에는 시간이 다 스며 있는 것이니까, 그 사람의 순간을 만나면, 그 사람의 모든 시간과도 다 만나는 것이니까. 아무튼 난 언니를 몰랐고 언니를 알기 위해 폭우와 갬이 반복되던 7월의 어느 월요일, 비원이 보이는 2층 카페에서 22년 만에 처음으로 언니의 실제 얘기를 들었고 언니와 안국역 횡단보도에서 헤어졌고 나는 몸이 아팠다.

그이의 목소리와 눈 그리고 손

진명 언니는 나긋나긋, 조금 빠르게 말한다. 나긋나긋해서 귀를 기울이게 만든다. 그런데, 언니의 목소리는 모래 같다. 어두워지지 않는 햇빛 속의 모래 같다. 언니의 목소리를 듣고 있으면 나긋나긋하지만 따갑다. 목이 마르다. 언니는 상대방의 안쪽까지 찬찬히 들여다보는 눈을 가졌다. 그런데, 언니의 찬찬한 눈은 상대방에게 닿되, 닿지 않는다. 언니의 나긋나긋 목소리, 나긋나긋 눈빛. 언니에게서 가장 언니답지 않은 그러나 또 가장 언니다운 곳은 손이다. 언니는 물리적인 일을 많이 한 사람의 손을 가지고 있다. 언니의 손에는 여러 시간을 지나서 단단해지고 굵어진 바위의 이미지가 스며 있다. 언니의 손만 보고 있으면 아주 건강한 일상 얘기를 해야 할 것 같다.

우리는 슬픔과 기쁨이, 삶과 죽음이 샴쌍둥이라는 것을 모르지 않지만, 한쪽이 가려졌을 때, 살아지는 시간이 삶이라는 것 또한 안다. 그런데 언니는 두 극단을 동시에 보여 준다.

언니는 시에 대해서도 삶에 대해서도 열심이다. 언니의 손을 닮았다. 언니는 욕망한다. 그러나 또 언니는 아무것도 욕망하지 않는다. 그러니까 언니는 제일 차가운 사람이며 제일 따뜻한 사람이다. 나긋나긋한데 모래 같은 목소리, 찬찬히 들여다보는데 따뜻하지도 차갑지도 않은 눈, 건강하게 만지는데 욕망을 가지지 않은 손을 가진 언니는 기묘하다.

이것은 어느 한쪽에도 과장이나 관념을 가지지 않는 자의 자리이며, 욕망하기에 욕망하지 않는 자의 자리다. 양극단을 뜨겁게 동시에 사는 사람만이 가지는 자리이며 최선을 다해 살기에 최선을 다해 삶을 남김없이 사라지게 하는 자의 자리다. 언니의 네 권의 시집은(『밤에 용서라는 말을 들었다』(민음사, 1992), 『집에 돌아갈 날짜를 세어보다』(문학과지성사, 1994), 『단 한 사람』(열림원, 2004), 『세워진 사람』(창작과비평사, 2008)) "존재의 쓸쓸함을" 위로하는 시, "깊고 아늑한 내면"을 보여 주는 시, "현실과 몽환"이 섬세하게 직조된 시라는 평가를 받아 왔다. 나는 현실과 신비를 몸으로 살아 내는 시인만이 만들어 낼 수 있는 언니의 이 자리를 좋아한다. 그러나 내가 더 자주 멈추게 되는 언니 시의 자리는, "나의 눈이 뱀눈과 닮았다니 은은한 기쁨이 일었다."(「나의 눈」, 『세워진 사람』)고, "칼을 기다려 본 경험이 시를 배게" 했다고 말하는, 뱀이, 칼이 보이는 곳이다. "일상을 명상의 계단으로 삼는다. 현대적 의미의 종교시"라는 오규원 선생님의 평. 일상을 명상으로 삼고 그곳을 살아 내는 언어라니, 그러니까 나는 언니의 시를 읽으면 모래처럼 목이 마르며, 바늘처럼 따갑고, 뱀처럼 미끈거리며 섬뜩하다. 언니의 언어와 언니는 정확하게 일치한다.

이북5도 향우회, 불구부정(不垢不淨), 거미줄

언니는 서울 사람이다. 서울에서 나서 서울을 떠나 본 적이 없다. 종암동에서 나서 창신동에서 살았다. 동덕여중, 동덕여고를 나왔다. 언니의 표현을 그대로 옮겨 오면, 엄마 이옥순 씨는 청주 사람이다. 공주사범을 나온 인내심이 강하고 자애로운 분이었다. 아버지 이희송 씨는 함경북도 명천이 고향인 실향민이었다. 1·4후퇴 때 내려왔다 삼팔선이 그어지는 바람에 북쪽의 부인과 어린 딸에게 돌아가지 못한, 그래서 라디오에 귀를 기울이고 지내던 아버지는, 늘 가족 밖에 있는 사람이었다. 이남에서 1남 3녀를 낳고 살면서도 집 밖을 떠돌던 아버지와 그 아버지를 따라 이북5도 향우회를 따라다니던 경험은 어린 이진명에게 '디아스포라' 의식이 생겨나게 한다. 언니는 엄마와 아버지가 운영하던 '우림라사'집 맏이였다.

언니는 어려서부터 책을 읽고 동시를 쓰는 것을 좋아했다. 그런 언니에게 언제부터 시를 쓰게 되었는지, 언제부터 시인이 되려고 마음먹었는지를 묻는 것은 우문이다. 고등학교 3학년 내내 특별 활동으로는 문예반, 종교반 활동으로는 불교반을 했다. 문예반에서는 교지를 편집했고, 불교반에서는 일주일에 한 번씩 내는 주보「보리」일을 했다. 현실 너머를 궁금해하는 태생적 기질과 현실의 경이가 부합되는, 고등학교 1학년 때의 경험은 지금까지도 언니에게 가장 특별한 시간으로 기억되고 있다.

고 1 불교반에서 수덕사에 갔을 때였다. '발우공양'이라는 것을 처음 경험하게 되었다. 자신이 먹고 난 그릇을 헹군 물을 마시는 것도 힘들었다. 그런데 참가자 중 한 사람이라도 설거지 물을 다 마시지 못하면 그 물을 다 같이 나누어 먹는 경험을 하면서, '더러운 것도 없고 깨끗한 것도 없다'는 불구부정(不垢不淨)의 깨달음을 몸으로 얻었다. 그리고 그날 밤 명상을 하며 꼬박 밤을 새우는 용맹 정진의 시간. "칠흑 같은 밤이 가고 달이 가고 푸르스름한 새벽이 오고 첫 햇빛이 들이치는 순간 보게 되었다. 처마 밑에 어제는 없던 거미줄 하나가 쳐져 있었다. 칠흑의 밤 동안 없던 세상 하나를 만들어 놓은" 한 마리의 거미를 통해 존재의 안팎을 경험했다.

들어간 사람들

그 어떤 책을 통해서도 배울 수 없었던 불교 체험이 긍정의 방식으로 언니의 정신을 갱신시켜 주었다면, 고 3 때 느닷없이 찾아온 두 죽음은 상처의 방식으로 오랫동안 언니를 아프게 단련시켰다. 고 3이 시작되는 겨울에 한동안 함께 살았던, "모든 것 희어서 좋"은 외할머니가 일흔일곱의 나이로 돌아가셨다. 그리고 고 3 이 끝날 무렵 마흔일곱의 나이로 엄마가 암으로 돌아가셨다. "인간이라는 존재가 물리적으로 사라지는 순간을 직접 체험했다. 숨이 끊어지는 모습, 착착 피가 계단처럼 빠르게 내려가는 모습, 뼈가 굳어 가는 것…… 두 분 모두 직접 내 손으로 염을 했다. 향나무 물을 끓여서 몸을 닦았다."고 했다. "죽음 이후의 삶은 또 다른 카니발 같은 것이라는 생각이 들었다. 내 영혼은 영롱하게도 느껴졌다. 황홀한 느낌도 있었다. 죽음이 꼭 무겁지는 않은 것이구나. 그것을 일찍 알았다는 것이 축복"이었다고 언니는 표현했다. 그러나 가장 의지하고 살았던 두 분을 1년 사이에 잃게 된 이 체험으로 인해 언니는 오랫동안 "유령"으로 살게 된다. "모든 것을 남 보듯이, 풍경 보듯이 살게 되었다. 어디에도 들어가지 않았다. 내 삶에조차도." 열아홉에 겪은 두 죽음이 "두 사람 거기로 들어간 후 두 번 다시 나오지 않았다/ 거기 법이 그런가 보았다……. 하긴 외할머니 어머니/ 여기서도 법도 잘 지키던 사람이었다/ 들어왔으면/ 문 꼬옥 닫을 줄 아는 사람들이었다."(「들어간 사람들」, 『단 한 사람』)는 긍정으로 바뀌기까지는 꼬박

30여 년의 시간이 필요했다.

죽었는데 뭘 또 죽으려고 시도를 해

고등학교를 졸업하고 열아홉 살부터 꼬박 13년을 돈벌이 했다. 전화상회 타이피스트, 종로서적 점원 등등 여러 일을 해서 동생들 뒷바라지를 했다. 언니는 "핏줄에게 해 준다고 생각했으면 못했을 것이다. 세상에 이만큼은 해야 한다."고 생각했다. 동생들이 커서 각자의 길로 자립하게 되자 혼자가 되었고 일을 그만두었다. 죽을까 살까를 생각했다. 풍경처럼 떠다녔다. 그러다 '이미 죽었는데 뭘 또 죽으려고 시도를 해. 그러면 나를 위해 해 주는 일을 하다가 가자.'는 생각이 들었다. 동국대 불교학과 시험을 봤다가 떨어졌고, 죽지는 않았다. 그러다 그런 곳도 있었나 한번 시험이나 봐 보자, 한 서울예대에 덜컥 붙었고, 등록금이 없었는데, 일본에 유학 중인 남동생이 마침 생활에 보태 쓰라고 보내온 돈으로 입학을 했다. 한 학기만 다녀 보자 한 것이 2년을 꼬박 다녔다. 서른세 살에 들어가서 서른다섯 살에 졸업했다. 학교 다니는 동안 공강 시간에도, 방학에도 출판사에서 아르바이트해서 등록금을 벌었다.

그거 내가 해 줄게요

졸업한 이듬해인 1990년, 《작가세계》 여름호에 「저녁을 위하여」 외 일곱 편으로 데뷔했다. 1992년 첫 시집을 냈다. 1993년 4월에 결혼을 했고 1995년 2월에 딸을 낳았다. 졸업하면서 취직한 민음사 편집부에는 5년을 다녔다. 기택 선생님과의 인연은 시운동 2기 동인으로 함께 활동하면서 시작됐다. 언니는, 그 당시 시인으로서는 특이하게 햄버거 만드는 회사에 오래 다니고 있던 기택 선생님의 이력이 재미있었고, 조용하고 성실하고 근검절약이 몸에 밴 기택 선생님의 수도자적 생활에서 용기를 보았다고 했다. 언니가 "늦잠 자서 아침밥 못해 주는 여자를 좋아하는 사람"이라고 지나가듯 말했는데, 기택 선생님이 "그거 내가 해 줄게요."라고 했다. 기택 선생님과 진명 언니는 '다문'이라는 너무 이쁜 이름을 가진, 지금은 중3이 된 딸을 키운다. 둘이 의논해서 지었다는 아이의 이름은, 부처님의 설법을 가장 많이 들어서 다문제일(多聞第一)의 제자로 불리는 아난을 떠올리며 지은 것이기도 하지만, 많이 들어야 지혜롭다, 그러려면 입을 다물어야 한다는 뜻이 담겨 있다고 한다.

문단의 이런저런 자리에서 기택 선생님을 만나면 우리 둘은 어김없이 진명 언니 얘기를 한다. 언니 얘기를 할 때 제일 부드러운 얼굴이 되는 것을 기택 선생님은 알고 있는지. 기택 선생님은 언니를 "땅에서 발이 1센티미터쯤 떨어진 사람"이라고 한다. 언니의 시에 대해 얘기할 때의 기택 선생님은 목소리가 한 톤 올라간다. 이런 얘기를 언니에게 전하면, "그러지 말라니까, 그래." 그런다. 뒤늦은 감이 있었지만, 언니가, 2008년 8월, 『세워진 사람』으로 '일연문학상'을 받았을 때, 2009년 「녹음(綠陰)」으로 '서정시학 작품상'을 받았을 때 기택 선생님이 얼마나 기뻐했을지 짐작이 간다. 김기택 시인의 얼굴에서 웃음과 커지는 목소리를 만들어 내는 사람은 진명 언니이고, 이진명 시인의 얼굴에 풍요로운 바람이 불어오도록 만드는 사람은 기택 선생님이다. 시인 부부, 이 양반들, 서로의 짝 맞다.

청담(淸談)을 지나 다시 청담(淸談)으로

신비로움에 경도되는 태생적 기질을 가지고, 디아스포라로, 불교로, 죽음으로, 밥벌이로, 결혼과 출산으로 이어지는 언니의 삶을 지나오면서 나는 언니의 기묘한 목소리의 안쪽을, 눈의 안쪽을, 손의 안쪽을 조금은 더 깊이 알게 되었다. 언니의 애틋한 언어가 왜 그토록 섬뜩한지를, 초월한 상태도, 그렇다고 함몰된 상태도 아니어서 언니에게 이분법은 무의미하다는 것을, 언니의 시는 삶을 지나 삶으로 죽음을 지나 죽음으로 가고 있다는 것을 알게 되었다. 언니가 첫 시집의 제목에 쓴 '용서'라는 말이 두 번째 시집 제목에 쓴 '집'이라는 말에 어떻게 가닿으며, "너라는 나"라는 "단 한 사람"과 "2분 전에 뚝 끊겨" "세워진 사람" 사이에서 "흘러내리고 회전하고 없어진" 것들이 무엇인지를 알게 되었다. "조용하여라…… 세상은 높아라…… 하늘은 눈이 시려라…… 눈시울이 붉어라…… 만상이 흘러가고 만상이 흘러오고"(「청담」), 이토록 슬프고 이토록 아름다운 트랙 또는 음악. "낮고도 느린 목소리. 은은한 향내에 싸여, 고요하게, 사라지는 흰 옷자락, 부드러운 노래 남기는. 누구였을까. 이 한밤중에. 이상한 전언"(「밤에 용서라는 말을 들었다」)에서 "죽음은 거기에 있지 않고/ 여기에 있다/ 인수와 백운 사이/ 숨은 벽"(「바위」)까지를 건너오며, '용서'라는 말과 '바위'라는 말이 다르지 않음을 알았다.

"몇 년 전 벌레가 되는 심리적 시간을 겪었다. 내가 머리, 꼬리, 몸통이 자물통으로 채워진 벌레가 되어 있었다, 내가. 어릴 때 겪은 시간들 속에는 황홀이 있었다면, 최근 몇 년 동안 겪은 시간에는 그런 것조차 없었다. 진탕이었다. 그 시간을 몸으로 겪고 나니 이제야 죽은 엄마가, 할머니가 불러졌다. 자꾸 불러졌다. 그러면서 내가 나의 하나님이지, 내가 나의 아버지지, 아버지가 따로 있나, 하나님이 따로 있나, 그것을 알게 되더라."고 했다. "흠칫, 가슴이 펄떡한다/ 다시 산으로 올라갈까/ 집으로 가지 말까"(「녹음(綠陰)」)의 시간을 시계추처럼,

경계 없이 왔다 갔다 하는 언니는 아이 키우는 얘기와 죽는 얘기를 구분하지 않고 했다. 시장 가서 옆옆에 놓인 펄떡이는 생선을 고르듯이. "앉은뱅이 그는 일어나고 싶지 않은 원병(願病)을 이룩한 사람// 장님 그는 보고 싶지 않은 원병을 이룩한 사람// 절름발이 그는 앞달리고 싶지 않은 원병을 이룩한 사람// 벙어리 그는 아무것도 말하고 싶지 않은 원병을 이룩한 사람…… 지금 이 칸 속에 나타났다 다가와 앞을 막다가 돌아 저 칸으로 사라진/ 자신의 바람에 의해 현생을 이룬/ 세상의 적지 않은 그들, 장애의 원병인(願病人)들"(「지하철 칸 속 긴 횃대에 앉아 그리어 보네」, 『단 한 사람』), 그들이 사라진 자리에서 "껌이나 볼펜, 실꾸리, 그리고 동전 바구니"를 바라보는, 아니 그 이들이 되어 보는, 진명 언니.

언니 하나님

진명 언니는 여전히 "이 광막한 우주에 홀로 거할 수 있는" "독거 초등학생"이며 죽음 너머를 두고, "공부 마친 날/ 학교 입학하기 전의 일곱 살짜리 어린아이의 명랑한 말씨로/ 집 앞에 당도해 대문을 열며 크게 인사할 것이다/ 학교 다녀왔습니다"라고 말하며 "집에 돌아갈 날짜를 세어 보"는 이상한 사람이며, "아름답다/ 형체도 내용도 가진 것 없다/ 이름도 없다/ 이미 신이 내려 거하기 시작한 집"인 "불탄 집"에 기거하는 무서운 사람이며, 그러면서도 "속이 연하고 조용해지면/ 생각이 높아지는 법"을 터득한 "가게를 낸다면/ 죽집을 냈으면 한다"는 고소하고 고요한 사람이며, "물기 싹 걷힌 백암"을 타기도 하고, 딸아이에게 토스트를 구워 아이스크림을 올려먹으면 맛있다는 전화를 해 주는, "별"과 "진흙" 사이를 자유자재로 넘나들며 "발이 없어"지기도 하고 그러나 또, "살껍질이 떨리도록" 삶을, 시를 사는 사람이다.

「언니 하나님」이라는 시. "일찍 부모 여읜 세 자매" 얘기다. 직장이 쉬는 일요일, 동생들과 영화 구경 한번 못 가 본 것을 놀라면서 깨친 큰언니는 동생들에게 교회 가지 말고 영화 구경 가자고 한다. 평소에도 교회 열심분자인 동생들은 불신자인 큰언니를 죄인이라 여기며 차례로 하나님한테로 간다. 걸레를 빨아 부엌 바닥을 닦고 부엌 문지방을 느리게 훔치던 언니에게 한 방울씩 떨어지는 혼잣소리가 도착한다. "하나님 여기 있는데……/ 어디로 하나님을 보러 간다고……/ 하나님 이렇게 걸레를 쥐고 부엌 문지방을 넘어……/ 나 여기 있다……." 그래, 걸레를 쥐고, 문지방을 넘어, "언니 하나님", 진명 언니가, 진명 언니의 언어가, 여기까지 왔다.

절벽을 더 높이 세우는 일에 몰두하는, '두루미-천남성' 인간

'시인 조용미'의 방향

조용미. 두루미-천남성. 이라고 써 놓고, 세 시간이 지났다. 한 문장도 보태지지 않는다. 그리고 갑자기 눈이 온다. 세상은 순식간에 희미해지며 고요해진다. 눈은 어느 구분도 없이 지상을 가득 채우고 있다. "청령포 영월 탄부 연하 예미를 지나/ 자미원으로 간다"(「자미원 간다」, 『나의 별서에 핀 앵두나무는』)는 태백선 기차 약속이 다시 생겨난다. 4년 전쯤 조용미 시인과 약속했다. 겨울에 자미원 가는 기차를 함께 타자고. 그 기차를 타면 가파른 허공의 사방에 눈밖에는 없을 것 같다. 지켜지지 않아 유효한 약속. 나는 그 약속을 내내 지키고 싶지 않다. 조용미 시인도 약속이 지켜지기 힘들 즈음, 그러니까 봄눈이 내릴 때쯤이면 올겨울도 태백선을 못 탔네, 라고 할 뿐이다. 그 시를 읽고 내가 왜 태백선을 타고 싶어 하는지 그녀는 알고 있는 듯하다. 겨울이 오면 태백선 기차를 탈 수 있어. 언제라도. 기차는 어디까지라도 닿을 거야. 허공을 지나 "무한의 너머를 향해."

나는 그녀를 선배님, 하고 부른다. 문득 말꼬리를 흐리면서 반말을 하기도 하지만 호칭에서 님 자를 빼는 경우는 없다. 그녀 앞에서는 선배님이라고 하지만 누군가에게 그녀를 지칭할 때는 선배라고 한다. 이 기우뚱을 생각해 보면, 그녀가 선배님과 선배를, 즉 '지극히 연함'과 '지극히 강함'의 양극단을 갖고 있어서인 듯하다. 나는 그녀와 만날 때는 인간 조용미에 노크하고 싶어 하고(지극히 연한 사람을 온전하게 놓여 있게 하고 싶다는), 누군가에게는 시인 조용미를 얘기하고 싶어 하는(시인 조용미의 단호함을 선배라는 조금은 동급인 척하는 호칭 속에서 드러내고 싶다는) 듯하다. 연한 인간 조용미와 강한 시인 조용미.(이쯤에서 부르는 내 쪽이 아니라 불려지는 그녀 쪽에 서 있는 나를 발견하게 된다.) 오늘은 시인 조용미의 방향이므로 선배라고 부르겠다.

나는 말수가 적은 조용미 선배에게서 듣는 얘기가 많지 않다. 그럼에도 나는 그녀에게 많은 말을 걸지 않는다. 그녀에게서 나온 말은 내게까지 오지 않는다. 그리고 그녀에게서 나온 말은 그녀에게도 닿지 않는다. 말은 눈처럼 잠깐 나타났다가 사라진다. 그녀는 말이 나타나지 않도록 하는 사람 같다.

나를 바라보는 그녀의 눈이 나의 눈과 닿는 것은 쉽지 않다. 그녀의 안은 그녀를 개방시켜주지 않는다. 나는 안에서 나오라고 말 걸지 않는다. 다만 불현듯 선배의 '심정이 툭 튀어나오는 순간'에 선배를 만난다. 「불안의 운필법」(『기억의 행성』)을 빌자면 "불안하고 또 불안한 내면을 가졌으리라 짐작되는 이" 사람, "쓸데없는 기록을 알게 되는 것이 두려워 그에 대한 궁금증이 깊어 가도 애써 알아보지 않는 점도 돌이켜보니 기이" 한, "내가 잘 모르는" 이 사람, 조용미 선배와 닿는 방식.

그러므로 "사람과 가장 닮은 새는 두루미,/ 가도의 고뇌가 때로 나의 것이 되기도 한다"(「미학적 인간에 대한 이해」, 『기억의 행성』)라고 썼을 때, 이 좁고 긴 목을 가진 새가 선배라는 것을 안다. "풀숲에 숨어 독을 품고 빨갛게 익어 가고 있는/ 섬천남성이/ 사람의 몸속을 통과하고 싶은 욕망을 오래 감추고 있었다"(「섬천남성은 독을 품고 있다」, 『삼베옷을 입은 자화상』)라고 썼을 때, 이 천남성이 선배라는 것을 안다. 독의 힘으로 견디지만 독을 빨갛게 익히는 아름다움을, "야윌수록 높아지고 깊어지는 무엇이 있을까"(「야위다」, 『기억의 행성』)의 질문을 결코 포기하지 않는 "미학적 인간"인 그녀는 외따로, 깊이, 높이 있다. 거기는 적막하고 고독해서 독을 품지 않고서는 존재할 수 없는 곳이며 그러나 간결하지 않고서는 형체도 없이 흩어져 버리는 무서운 곳이다.

봄이 오고 있음을 내 몸이 아는 까닭

조용미 선배는 자신에게서 '시간이라는 색'을 빼 버리는 힘을 가졌다. 예쁘장한 얼굴과 가만가만의 몸짓에서 그녀의 물리적 시간은 희미해진다. 뼈처럼 툭 튀어나오는 몇 마디의 말에서 "色에 대한 학습에서 벗어난"(「얼룩」, 『기억의 행성』) 사람을 느끼게 된다. 또 언제 보죠 하면, 일 년에 한 번 이렇게 보면 되지 뭐, 그런다. 선배님도 청탁 시간 짧으면 시 쓰기 어려울 때 있죠 하면, 묵혀 둔 작품을 열 편 이상 안 갖고 있을 때 청탁받아 본 적은 없는데, 그런다. 이런 형국이니 나는 그녀의 웃음 담당이 될 때쯤에야 조금은 덜 움찔한다. 더러 짓궂은 농담을 해서 얼굴 밖으로 튀어나오는 그녀의 웃음을 보는 것이 좋다. 광장시장 먹자골목에 처음 가 본 나는 환호성을 지르는데 그 모습을 보며 웃던 용미 선배가 옆에서 여기 좋네 그런다. 아 또 바로 움찔이다. 가만가만의 목소리가 훨씬 컸으므로.

선배는 아픈 몸을 가지고 있다. 30대 즈음 허리가 아프기 시작했다. '직립이 힘들다'가 사실적 표현이지만 "내 안에 또 무엇이 들어왔나 보다/ 몸이 일으켜지지 않는다"(「큰고니」, 『나의 별서에 핀 앵두나무는』)고 표현할 만큼 간단치 않다. 병은 계속 치유되지 않고 일 년 중 몇 달을 꼬박 없이 누워 있을 때도 있다. 특히 봄이 올 무렵 많이 아프다. 그것을 "봄이 오고 있음을 내 몸이 아는 까닭”(「다함이 없는 등불」, 《현대시학》, 2004. 4)이라고 표현한다. “창밖을 열심히 내다보고 있고 열심히 앓고 있고 열심히 생각하고 있다”(현대시가 선정한 이 달의 시인 대담, 《현대시》, 2005. 2)는 “단순하고 고요한 삶의 형식을 유지”하는 사람이라는데, 전국의 절이란 절은 다 보고 다니고 나무란 나무는 다 보고 다닌다. 불교 공부도 그림 공부도 깊다. 독서는 6개월이나 1년 단위로 주제를 정해 놓고 읽는다. 선배는 “아픈 몸이니 조금 나아지는 틈에 결사적으로 할 수밖에 없다.”고 한다. 칫 아프다면서, 슬쩍 샘이 난 척하지만 내 안은 온통 부끄러움으로 홍옥이다.

선배의 시 세계는 독특한 지점에 위치하고 있다. ‘따뜻한 서정’이 아닌 그것을 ‘서늘한 서정’, 아니 ‘지독한 서정’이라고 부르고 싶다. 어둠에서 밝음으로 가는 것이 아닌, 아픔에서 치유로 가는 것이 아닌, 절망에서 희망으로 가는 것이 아닌 방식. 어둠의 방향은 어둠이 마땅하다는 것. 어둠 안으로의 지속적인 탐구. 생을 지탱시키는 그녀만의 유일한 이 방향이 “노상미학(路上美學)이라기보다는 도상미학(道上美學)이라고 해야”(오규원, 『일만 마리 물고기가 山을 오르다』 표4) 한다는 시적 자리를 만들어 내게 한 것이다.

아픈 몸이 있을 곳을 찾다 보니 저절로 가까워졌다는 조용미의 자연에서 특이한 점은 치유의 자연이 아니라 맞섬의 자연이라는 것이다. 나는 아픈 몸이 선배의 시 세계를 이런 방향으로, 이런 빛깔로 만들었다고 생각을 해 왔다. 그러나 그것만은 아니라는 것을 이번에 선배가 보내 준 연보를 보면서 알게 되었다. 아픈 몸보다 훨씬 태생적 운명의 색을 가지고 있었다고 해야 한다. 1962년 "못을 사이에 두고 큰 마을과 작은 마을로 나누어져 있는" 경북 고령군 다산면 나정동, "속명이 아시터"인 곳에서 태어난 그녀는 초등학교 5학년 때부터 화가가 되려는 생각을 했고 고등학교 때까지 그림을 그렸다. 초등학교 때는 "초록색을 아주 좋아해 미술 시간에 태양을 온통 초록색으로 그려 넣었다가 담임선생님께 몹시 혼이 난" 기억이 있다. 초등학교 6학년 때 "아버지로부터 크리스마스 선물로 받은 고흐의 화집"에 매료되었다. 중학교 때는 "궁금한 것이 있어도 절대 질문하지 않"았다. "삶에 대한 모든 의문은 혼자 스스로 찾아야 한다는 생각을 가지고 있었"기 때문. "교실 뒤에 독후감을 써내면 독서 실적에 따라 올라가는 그래프 용지에 혼자 막대그래프를 몇 개씩 세워 올"리기도 했다. 고등학교 때는 실존주의에 빠져 철학서와 소설을 열심히 읽었다. "카프카와의 만남은 운명적이라고 할 만큼 영혼을 흔들어" 놓았다. 이런 몇몇 일화에서만 보더라도 선배는 생래적으로 특이한 감각을 가진 사람이다. 사랑을 충분히 받으며 자라났음에도 강렬한 불안에 끌렸고 부조리한 세상의 이면에 혼자 질문을 던지는 자존감도 만만찮은 어쩌면 "검은 종이에 피보다 붉은 어떤 말을 적을 수 있을까"(「큰고니」, 『나의 별서에 핀 앵두나무는』)의, 자신의 미래의 진술을 예감하고 있었는지도 모른다.

뼈를 삭여 제 몸 밖으로 산 하나를 밀어내었다

고향에서 다섯 살에 대구로 이사를 했고 초등학교 6학년 때 서울로 왔고 인왕산 아래에서 고등학교 시절을 보냈다. "부모의 반대로 2학년 겨울방학 때 그림 그리기를 그만둠과 동시에 글을 써야겠다고 막연하게 다짐"했고 1982년에 서울예대 문창과에 진학했다. 예대를 다니면서도 졸업 후에도 혼자 다니고 혼자 시 썼다. 그리고 1990년 서른을 목전에 두고 데뷔했다.

《한길문학》으로 데뷔해, 지금까지 다섯 권의 시집을 펴냈다. 《한길문학》은 선배가 데뷔한 이후 계간지로 바뀌고 이듬해 폐간되었고 6년 후에야 펴내는 첫 시집 『불안은 영혼을 잠식한다』(실천문학사)를 내기까지 "드물게 시를 발표했다"는 말로 그 시절의 어려움을 에둘러 표현한다. "저/ 겨울산에 서 있는 나무들의 흰 뼈를/ 다 추스려야 한다."(「무반주 첼로」, 『불안은 영혼을 잠식한다』)는 그녀의 언어는 "신성한 외로움"(정종목, 「한 불안한 영혼의 순례」)의 세계와 닿아 있다. 첫 시집을 출간한 이후부터 본격적인 창작 활동을 시작하고 4년 뒤인 2000년 두 번째 시집 『일만 마리 물고기가 山을 오르다』(창작과 비평사)를 출간한다. 첫 시집 발간 후 "1년 반 만에 완성한" 두 번째 시집의 작품들은 그녀가 "뼈를 삭여 제 몸 밖으로 산 하나를 밀어낸" "등에서 산이 솟아오른 물고기", 즉 "날아다니는 물고기가 되어 세상을 헤매고 다녔"(「魚飛山」)던 기록들이다. 그리고 "비밀의 숲에 대한 관찰을 넘어서서 그 내부의 진경이 전언하는 밀어의 내용"(홍용희, 「비밀의 숲, 존재의 시간성」)은 2004년 출간한 세 번째 시집인 『삼베옷을 입은 자화상』(문학과지성사)에서 구체화된다. "삼천 개의 뼈가 움직여/ 춤이 되듯,/ 나는 삼천 개의 뼈를 움직여/ 시를 쓰겠다"(「시인의 말」)는 섬뜩하기까지 한 절박함에 "시인이 그토록 병약하지 않았다면 (……) 삶 속에 깃든 죽음과 죽음 속에 깃든 삶의 비의를 엿보지 못했을 것이다. 시인이 그토록 고독하지 않았다면 시간과의 싸움 속에서 완성되는 운명의 강인함을 알지 못했을 것"이라는 비평이 포개진다(이혜원, 「상처의 미학」). 그리고 3년 뒤인 2007년 "차례를 열 번 이상 바꾼" 끝에 "우레가 울리면서 시작되어 '고요하다'로 끝맺는" 네 번째 시집 『나의 별서에 핀 앵두나무는』(문학과지성사)을 출간한다. 이 시집은 "내면의 어둠, 그 검은 슬픔을 창조의 원동력으로 삼는 이 시인의 시 쓰기는 우리 시에서 보기 드문 음울하면서도 아름다운 풍경을 조형해 내는 데 성공하고 있다."는 평가를 받는다(남진우, 「생을 가르는 검

(劍)」). 이 시집에 실린 「검은 담즙」은 2005년 김달진 문학상을 받은 작품이다. 2011년 출간한 다섯 번째 시집 『기억의 행성』(문학과지성사)은 "돌이켜보면 이 시인은 아픈 몸의 현상학'에서 출발해 '색과 음의 해석학'을 거쳐 '기억과 반복의 존재론'에 이르렀다."(신형철, 「미학적 인간」)로 압축할 수 있다. 그리고 "조용미는 풍경(색깔과 소리)의 탁월한 해석자이지만 그의 예술적 성취는 '나'를 버리고 '너'를 잃어서 얻은 것인지도 모른다. 이것은 미학적 인간의 보람이고 아픔이다. 그런데 보람과 아픔의 길 너머엔 긍정의 길이 있다. "너를 잃어서 아름다움을 얻었다고 말하는 길이 아니라 '너'를 잃은 이 삶이 그 자체로 아름답다고 말하는 길이다."라는 요약(책날개)과 "적벽 앞에 서 있는 시인이 "다시"라고 말하는 이 순간에 저 인위적인 대립은 힘을 잃는다."(신형철, 「미학적 인간」)는 비평과 "이 우주는 해와 달이 반반/ 춘분은 낮과 밤의 길이가 반반/ 인간은 물고기와 새의 운명이 반반/ 내 발밑은 나와 나 아닌 것이 반반,// 이 불완전한 세계가 나는 마음에 든다."는 「시인의 말」은 정확히 일치한다. 이것은 "선과 악의 구분이 명확지 않은", "시간과 공간이 뒤섞이는", 형식과 내용이 만나는 "불가득(不可得)"(「심재헌에서 묻다」, 《현대시학》, 2011. 10)의 지점으로 조용미의 언어가 새롭게 진입하고 있다는 사실을 보여 주고 있다.

쓸갯물이 모여 생을 가르는 검(劍)이 되기도 하다니

데뷔 이후 22년 동안 집요함, 아니 집중력을 잃지 않는다는 사실도 대단하지만 선배의 시를 읽으며 턱 숨이 막히는 것은 "위대한 자"(손상기는 서른 아홉에 죽었다/ 손상기는 자라지 않는 나무였다 (중략) 그가 그린 자화상의 제목은/ 위대한 자(「자라지 않는 나무」, 『삼베옷을 입은 자화상』))의 자리에 스스로를 나타나게 하기 때문이다. 스스로를 위대한 자라고 말할 수 있는 자는 "아무리 발버둥 쳐도 벗어나지 못하는 슬픔이 있다"(「큰고니」, 『나의 별서에 핀 앵두나무는』)의 진술을 체념이 되지 못하게 하는 강함을 가진 자이다. "부러지는 대신/ 번개를 삼켜 버"린, "우레를 꿀꺽 삼켜 소화시켜 버린 목울대가/ 툭 불거져 나와 구불구불한"(「소나무」, 『나의 별서에 핀 앵두나무는』) 뜨거움을 사는 자이다. "가슴속에서 검은 담즙이 분비되는 때가 있"지만 "너의 죄는 비애를 길들이려 한 것이다"의 그곳을 견디는 자이다. 그리고 끝내 그곳에서 "쓸갯물이 모여 생을 가르는 劍이 되기도 하다니"의 순간을 만나는 자이다. 굴복하지 않고 자신에게 주어진 운명을 철저하게 살아냄으로써 비로소 자신의 운명을 넘어서는 자이다. 선배의 시에서 나는 향기가 그토록 아름답고 무서운 것은 "지상에서 가장 헛된, 그 아름다움의 이름은 絶滅이다"(「검은 담즙」, 『나의 별서에 핀 앵두나무는』)에 닿은 자의 목소리이기 때문이다.

다섯 번째 시집 이후의 변화에 대해 "시는 짧아질 것이다……. 좀 더 사물의 편에서 써질 것이다……. 오랫동안 붙들고 있었던 문제 리듬을 염두에 두고 있다."고 했다. 선배의 띄엄한 말 속에서 "습작기에 이상의 시를 매우 좋아했다. 아픈 몸이 안 되었으면 내 시 세계는 다르게 바뀔 수도 있었다."는 예전의 말이 떠올랐다. 형식과 내용이 안팎 구분 없이 맞물리는 미학적 변신에 대한 집중을 염두에 두고 있는 것으로 보인다.

먼 나라에서는 붉은 비(「기록」, 『나의 별서에 핀 앵두나무는』): 그리고 지난여름의 어느 저녁. 연보라빛 꽃다발을 든 그녀와 버스 정류장에서 사진을 찍힌 적이 있다. 사진 찍히는 것을 둘 다 꽤 싫어하는데, 그래도 조금은 거죽이 더 활달한 내가 그녀의 어깨에 손을 얹었다. 그녀는 생각보다 자그마했다. 말랐다. 어깨뼈가 만져졌다. 새 한 마리에 닿은 그런 느낌. 버스를 탄 선배의 뒷모습에 대고 한참 손을 흔들었다. 그리고 겨울이 올 무렵 원주 토지문학관에 내려가 있던 선배가 연보를 비롯한 몇 편의 산문을 보내 주며 메일에 이렇게 적었다. "집도 산 아래고 고요한데/ 이곳으로 찾아왔고/ 또다시 여기서도 어디 혼자 숨어 있을 만한데 없나 찾아다니고/ 참 이상한 행적이다".

"앞으로 생을 몇 번이나 더 받게 될지 모르지만" "그래도 욕심을 못 버리고 다음 생엔 시를 제대로 한번 써 봐야 하"(《SK에너지》 사보 인터뷰, 2008. 6)겠다는, 삶과 시가 힘들어질 때마다 지상으로 내려앉기가 아니라 허공에 절벽을 더 높이 세우는 일에 몰두하는 '두루미-천남성' 그녀. 시인 조용미다.

사막에서
강영숙을 만나다

1989년 11월, 층계를 오르는 그녀를 보다: 그때 나는 연구관 입구에 서 있었다. 시인이 아닌 소설가 이상의 표현 방식을 빌자면, 1989년이요 스물둘이요 11월이라 날씨는 미치도록 맑았지만, 내 스물둘의 하늘은 그렇지만은 않았다. 그러나 가을은 이미 남산 순환도로를 따라 내려와 연구관 입구에 서 있는 내 이마까지 와 있었다. 연구관은 명동에서 퍼시픽 호텔을 거쳐 남산으로 오르는 길 중간쯤에 있는 서울예대 별관 중의 하나였다. 1층에는 휴게실과 학보사가 있었고, 2층과 3층에는 강의실, 4층에는 오규원 선생님의 연구실과 선생님이 지도 교수로 있었던 교지 편집실이 있었다.(그러나 이 모두가 이제는 과거의 일에 속한다. 학교가 안산으로 이전했기 때문이다.) 이 연구관의 층계는 유달리 경사가 가파르고 폭이 좁았다. 그녀와 나는 이 연구관의 4층까지 자주 가야 하는 입장이었다. 그녀는 교지 편집장이었고, 나는 시 반장(말이 반장이지 시 창작 실습 시간을 위한 학습 보조 학생이다.)이어서 그랬다. 그러나 우리는 각각 그 층계를 오르내렸고, 우리는 따로 시간을 지나고 있었다.

나는 이 층계가 보이는 입구에서 누군가를 기다리고 있었다. 휴식 시간이었는지 층계를 오르내리는 학생들의 발소리와 떠드는 소리가 끊어졌다 이어졌다 했다. 그때, 본관으로 이어지는 골목에서 나타난 그녀가 무심하게 층계를 오르기 시작했다. 그녀가 층계를 오르기 시작하자, 갑자기, 무슨 일이 일어난 듯, 내 눈은 그녀의 뒤를 바싹 쫓아가고 있었다. 그녀는 아주 편안하게, 정말 아주 편안하게 층계를 오르고 있었는데, 마치 구부러진 시간과 공간을 바로 펴 놓고 난 뒤에 그 위를 걸어가듯 천천히 그리고 일정한 속도로 걸어갔다. 그 동작이 다른 사람들과는 너무나 달라서 묘한 감동까지 왔다.

그녀의 몸은 마치 평지를 가듯 층계를 이동하고 있었는데 그 동작이 그렇게 부드러울 수가 없었다! 그녀가 1층에서 2층에 이르는 사이에 학생 두어 명이 달려 내려왔지만, 몸만 약간 오른쪽으로 비틀었을 뿐, 아무 변동 없이 서 있다가 다시 천천히 층계를 걸어갔다.(오르는 것이 아니었다.) 이 기이한 느낌을 나는 그 누구에게도 말한 바가 없다. 그러나, 그녀의 소설을 읽다 보면, 문득, 그때 그 순간의 시간과 공간 속에 내가 빠져 있음을 깨닫게 된다.

그러니까, 소설가 강영숙은 시간의 밸브를 조금만 열어 놓고 살아간다. 직선의 시간을 구부리는 것도 펴는 것도 강영숙이다. 그 구부린 시간이나 편 시간의 밸브를 조금만 열어 놓아 다른 사람들의 시간보다 느리게 가도록 한 것도 물론 강영숙의 손이다. 그러므로 지상의 별이 진 뒤에 강영숙의 별이 뜨며, 무리 지은 생(生)이 우루루 지나간 뒤에 강영숙의 생(生)이 온다. 강영숙에게 가면 사람이든 언어든 모두 그녀의 시간의 호흡을 갖게 된다. 완강하게 드러나는 것이 아니라 한없이 젖어 드는 그런 호흡이다. 그녀는 사람이든 언어든 오래 들여다보고, 그것을 몸에 담아 오래 살 부비고, 그것에 아주 조금씩, 그래, 모래처럼 아주 조금씩 흔들린 후에, 그것을 꺼내 놓는다.

1990년 2월, 그녀와 커피를 마시다: 강영숙의 말투는 단답형이다. 기다림을 침묵으로 바꾸어 생각할 때쯤 대답을 한다. 수사나 장식은 없다. 거두절미하고 정중앙을 관통한다. 싫으면 그 이유를 그냥 툭 말해 버린다. 그런 그녀와 나는 어느 한 시절을 공유하고 있다. 그렇다. 그것은 기억이라기보다는 이미지이다. 몸속 어딘가에서 석회화되어 있는 기억이 아닌, 불쑥불쑥 몸도 없이 와서 그러나 육종처럼 몸을 건드리는 이미지인 것이다.

서울예대에서 그녀와 나는 1년을 함께 보냈다. "그곳을 다녔기 때문에 세상을 보는 눈도 갖게 되었고 작가도 되었다."는 그녀의 말처럼, 우리에게 서울예대는 이식된 유전자가 아니라 몸 안에서 생성된 유전자 같은 곳이다. 내가 한 해를 휴학하고 다시 2학년에 복학했을 때 그녀는 교지 《예장》을 만들고 있었다. 시 비슷한 것을 썼고, 소설 비슷한 것을 썼고, 그 과정에서 상처받은 영혼들을 들켰고, 그녀와 나는 1990년 2월 졸업을 했다. 그녀를 여러 곳에서 만났지만 그녀 몰래 나 혼자 간직하고 있는, 내게 왈칵 떠오르는, 강영숙의 이미지는 '카사로사'에 있다.

그때, 그녀와 나는 막 졸업을 했었고, 아직 봄은 오지 않았었다. 오규원 선생님과, 이제는 전 교지 편집장이 된 그녀와, 그 당시 선생님이 집필 중이었던 『현대시작법』 원고 정리를 도와드리고 있던 나는, 남산의 '카사로사'라는 곳에서 커피를 마셨다. 시간은 오후가 시작되고 있었다. 무슨 얘기 끝에 방송국이 화제로 등장했다. 내가 "그런 곳에서 일해 보는 것도 재미있을 것 같아요."라고 했다. 그녀는 여전히 한 손으로는 커피잔 손잡이를 잡고 다른 한 손으로는 커피잔을 둥글게 감싸고 있었다. 선팅된 유리 밖은 적당히 가라앉아 있었다. 침묵을 대답으로 바꾸어 생각할 때쯤 그녀가 천천히 "거긴…… 너무…… 빠르고…… 환해요……."라고 했다. 어째서 언제나 나는 그때의 많은 말 중에서 이것만 왈칵 떠오르는 것일까?

"비록 우리에게 남겨진 것은 검은 밤뿐이라고 할지라도," 빨리 지나가는 것이 아니라, 두려워지지 않을 때까지 밤 속을 천천히 걸어야 한다는 것을, 그녀는 이미 알고 있었던 것일까? 그리고 그 검은 밤을 존재의 상처처럼 핥아 주어야 한다는 것을, 그러면 서서 잠들어도 그 속으로 꿈이 찾아와 준다는 것을 그녀는 알고 있었던 것일까? 그 말을 한 강영숙은 소리 나지 않게 조금 웃었다.

2002년 2월, 그녀의 소설 속을 걷다: 늘 할 말의 첫 단어 정도만 꺼내 놓고, 정작 해야 할 말은 입안에 넣어 두고 있는 것 같은 그녀의 말투와 그녀의 언어는 닮아 있다. 그런데 이상한 점은 그녀가 꺼내 놓는 "카바이드 세 근"처럼 "차갑고 냉정한 말"을 신뢰하게 된다는 것이다. 강영숙의 언어는 "카바이드 세 근"처럼 정확하다. 그러나 자른 흔적이 보이지 않으며 더구나 그림자는 끌고 오지 않는다. 비유도, 수사도 가져오지 않는다. 차갑고 냉정한, 좀더 직접적으로 말한다면 "실제로 사람들이 쓰는 언어"인 일상어만으로 소설을 써 나간다.

사막의 모래와 햇빛과 바람의 이미지로 가득 차 있는 그녀의 소설에는 인형의 영혼과 소통하고 있다고 믿는 신혼의 여자도 나오고, 그 여자를 죽도록 때리고 죽도록 사랑하는 남자도 나오고, 자기가 보던 아기를 냉면 기계에 집어넣는 여자아이도 나오고, 그 여자아이가 슬프고 눈부신 까마중 마술의

은총을 베풀어 주는 팔푼이 남자도 나오고, 이혼한 뒤 채식주의자인 여자 친구와 주말 여행을 떠나는 것을 유일한 즐거움으로 갖고 사는 여자도 나온다. 그들은 모두 지쳐 있으며, 생에서 떨어지지 않기 위해 무엇인가를 악착같이 붙잡고 있다. 울고불고 소리도 지른다. 분명 그들은 정신적 외상 때문에 기울어진 영혼을 갖게 된 이들이다.

그런데 강영숙은 그들의 경사진 서사를 가지고 처음부터 끝까지 한 음만을 연주하는 악보와 같다. 아니 제각각인 모든 음을 가져다 한 음으로 만들어 놓은 악보와 같다. 물론 모든 음이 다 들어 있는 한 음이다. 이런 까닭에 일반적인 시간의 속도로 읽으면 강영숙의 소설은 자꾸 미끄러져 나간다. 그녀의 세계와 만나려면 강영숙의 시간의 속도로 읽어야 한다. 천천히, 높낮이 없이, 계속.

그러므로 그녀의 소설에는 잘 짜인 서사가 있으되 이야기를 만드는 이음새는 보이지 않으며, 차갑고 푸른 묘사가 있으되 상징적인 그림자는 드리워져 있지 않다. 일상의 몇 시간 또는 몇 년을 뚝 떼어다 놓는 방식을 취하고 있으되 삶의 메시지를 따로 전하지 않으며, 지극히 일상적이되 그 언어에서 삶의 아우성이 들리지 않고 그냥 삶이 흐른다. 비루함도 눈물도 모두 언어 안으로 녹아 들어가게 했기 때문이다. 또한 그 고요한 일상에는 어느날 갑자기 모래언덕으로 가서 "집 한 칸을 뚝딱 짓는" 남자나 "누구의 것인지 모를 이빨이 담긴 유리병을 선물로 주는, 몸에서 물비린내가 나는" 여자의 판타지도 들어 있으나, 그 판타지는 상상의 영역으로 기울어져 있지 않다. 강영숙의 언어는 판타지 속으로 들어가는 것이 아니라 그 판타지를 일상 속으로 끌어오는 자성을 발휘하기 때문이다.

판타지에서도 어김없이 리얼리티를 획득하는 강영숙의 언어는, "언어는 정확하고 정밀하게 구사되어야 한다. 단어는 지극히 평범하게 들릴 정도로까지 정확해질 수 있다."는, 레이몬드 카버의 언어와 닮아 있다. 그 언어로 직조하는 방식과 세계관도 닮아 있다. 차고 냉정한 '카버이드' 라는 말 속에 타오르는 불이 통째로 들어 있다는 것을 카버도, 강영숙도 알고 있었던 것이다.

지금도 강영숙은 여전히 길 위에 있다. 길 위를 걷고, 길 위에 서서 잠들고 있다. 사막의 시간이 인간의 시간이라는 것을 그녀는 오래전부터 알고 있는 것이 틀림없다.

하드보일드-수도승

야구란 무엇인가. 벗어나는 것. 뻗어 나가는 선 하나에 집중하는 것. 도착하면 끝나는 것. 함성은 바깥에 있다는 사실을 확인하는 것. 『야구란 무엇인가』. 김경욱의 소설은 무엇인가와 동일한 질문이다.

시적이다. 나는 오랫동안 김경욱 소설의 팬이었다. 그가 22년간 소설을 썼으니 22년간 팬이었다.(우리는 7년 전 친구가 되었다.) 시인이 소설가의 팬이 될 때는 그 소설이 대단히 시적이라는 뜻이다. 적어도 내 경우에는 그렇다. 내게 시적이라는 것은 감춘 무엇이 있다는 뜻. 자꾸 미끄러진다는 뜻. 끝나도 끝나지 않는 무엇이 있다는 뜻. 지극히 소설적인 구조와 문법을 가진 그의 작품에서 받는 시적인 느낌은 무엇일까. 알 수 없는 그 매혹이 오랫동안 그의 소설을 찾아 읽게 만들었다.

진화하는 소설 기계. 몇 해 전 한 문학평론가가 붙여 준 수식어다. 많은 이들이 그에게 딱 어울린다고 했다. 나도 그렇게 생각했다. 그는 점점 더 기계에 가까워지려 한다. 계속 쓴다. 점점 더 정확하게 쓴다. 한가운데의 한가운데를 보여 주려는 듯이. 그런데 그곳을 모르겠다. 있다는 것은 알겠는데 모르겠다. 작품을 다 읽고 나면 '정중앙은 보여 주지 않았다'가 남는다. '정확한데 정확함이 가 닿은 과녁은 안 보여 준다'가 남는다. 그런데 볼이 아프다. 읽은 나한테 꽂혔다는 것.

세공사. 그는 점점 더 간결하게 쓴다. 이야기는 매우 흥미롭게 전개된다. 그러나 읽는 사람이 속도를 결정하지 못한다. 그가 너무나 정교한 세공사인 탓이다. 어떤 언어로 바꾸어 놓아도 그의 작품은 좀처럼 허물어지지 않을 것이다. 그가 원석의 최초 지점까지를 세팅했으니 말이다. 최초 성질을 바꾸어 놓았으니까 말이다. 본질까지 가닿는 이 미세한 길은 새롭고 재미있다. 그렇다면 어디까지 정교해질 수 있을 것인가. 세공사 김경욱의 눈과 손이 정교해질수록 과녁도 점점 작아질 것임은 분명하다. 읽는 이들에게는 이 끝나지 않은 경기를 선택한 김경욱은 치밀한 선수이고, 김경욱 본인이 생각하기에는 다만 정확함을 향한 집중이다.

이종교배 발명가. 김경욱은 시종일관 냉철했다. 균형으로 불균형을, 작은 것으로 큰 것을, 현대성으로 본질을 포획하는 새로운 방법론을 발명했다. 냉철한 이종교배 시선은 소외된 곳, 부당한 곳을 밝히는 데 사용되었다는 면에서 그는 윤리주의자다. 그런 그의 작품을 읽는 것은 풍경을 그대로 정지시키며 천천히 정확하게 몸을 향해 오는 하나의 총알을 직시하는 시간과 같다. "자신의 몸 어딘가에 받아 적는" 소설 쓰기를 계속하고 있는 그에게 오늘도 필요한 것은 블라인드 내린 독방과 최소한의 빛. 그리고 비어 있는 손.

얼음으로 빚은 심장에서 김이 피어오르도록. 이 문장은 심리적 한기(寒氣)를 느낀다는 내 메일에 대한 그의 답이었다. 바깥이 아니라 안에 집중하라고 했다. 그때 나는 과녁의 정중앙에 친구 김경욱이 서 있음을 알았다.

이만하면 괜찮다, 시 하는 일

김사인 선생과 하루를 보냈다.(선생님이 아닌 선생이라는 호칭을 사용하는 것에는 정중함보다는 불량함으로 위장해서, 곁에 조금 더 가까이 가 보고자 하는 마음이 숨어 있다.) 좀 더 정확히 말하면, 오후 3시에 만나 새벽 3시에 헤어졌다. 선생의 직장인 월곡동 동덕여대 문예창작학과 연구실에서 만나, 정릉의 봉화묵집으로, 그 골목의 호프집으로, 홍대 앞 카페로, 그리고 다시 월곡동으로 가 동덕여대 정문 앞에서 헤어졌다. 선생과 월곡에서 만났는데 여러 곳을 돌아 다시 월곡에서 헤어졌다. 선생과 만난 시간은 직선이 아니었다. 이어지고 끊어진 곳이 없는, 순환하는 원으로 남았다.

나는 선생과 마주 보고도 앉았고 오른쪽 옆에도 앉았고

왼쪽 옆에서 걷기도 했다. 어느 각도에서 보아도 선생은 소년의 얼굴을 가지고 있었다. 조금 더 진지하거나 조금 더 웃는 표정이 되기도 했지만, 어느 순간에도 소년의 이미지에서 벗어나지 않았다. 감정이 얼굴까지 올라오지 않는, 머무르지 않는 얼굴이었다. 선생은 좋은 느낌이 들 때는 아, 진지한 발언을 할 때는 어, 라는 감탄사를 조금 길게 발음했다. 선생의 목소리는 모난 데가 없이 부드러웠다. 생각이 필요할 때는 접속사를 되풀이했지만 그러나, 수식어는 없었고 과장도 없었고 정확했다. 느린 말투가 조금 빨라질 때도 말을 놓치지는 않았다. 아닌 것은 아닌 것이었고 잘못된 것은 잘못된 것이었다. 목소리에서, 선생이 한번 안 된다고 하면 그것은 다시는 바뀌지 않을 것이라는 것을 직감했다.

선생은 신동엽과 김구용과 황병승을, 송창식과 서태지와 에미넴을 한 공간으로 데리고 와서는 그들을 경계 없이 만나게 했다. 창비와 문지를, 모더니즘과 서정시를, 이념과 현실을, 시골과 도시를 아무 구분 없이 한 공간에서 만나게 했다. 그것도 '가만히' 만나게 했다. 나는 선생의 그 지점이 궁금했다. 대립적인 것들을 서로 다치지 않고 존재하게 하는, 크기나 모양과 상관없이 동등하게 하는 그 지점이 어떻게 가능해졌는지가 궁금했다. 내가 아는 한에서, 그 지점은, 어느 극단에 몸과 정신이 부딪쳤고 그 몸과 정신으로 내내 끙끙 앓았고, 그러고서도 그 시간을 부정의 방식이 아닌, 치유의 방식으로, 자신의 한계를 넘은 사람만이 가지는 것이다. 어느 대목에서 선생이 추상으로서의, 관념으로서의 목숨이 아니라 “진짜 한목숨”을 알게 된 순간을 발설했다. 선생은 그때를 “눈꺼풀 하나가 떨어졌다.”라고 표현했고 “그 언저리에서 좀 자유로워졌다.”라고도 표현했다. “다 이쁘다.”는, 경계가 무너진 선생의 지점을 비로소 알 수 있었다.

‘가만히’는 자신이 고요하지 않으면, 비어 있지 않으면 절대 생겨나지 않는 시간이다. ‘좋아하는’은 나 자신보다 당신이라는 존재가 먼저 보이는, 즉 내가 없어져야 생기는 자리이다. 고요하거나 비어 있거나 좋아하는 것은 노력해서 되는 것이 아니다. 순정해지지 않으면 열리지 않는 시간과 공간이다. 그러므로 ‘가만히 좋아하는’ 방식은 가장 내밀하고 가장 능동적인 방식이다. 한순간이라도 놓쳐 버리면 그 즉시 엉망이 되어 버리기 때문이다. 나는 선생을 만나고 나서야, “시 하는 일”이라는 표현을 쓰는 선생과 하루를 보내고 나서야, 왜 선생의 시는 절대 빨리 읽을 수 없었는지를 알았다. “수다사(水多寺) 높은 문턱만 다는 아니다/ 싸구려 유곽의 어둑한 잠 속에도 길은 있다/ 이만하면 괜찮다”는 “선달 그믐”, 그 칠흑이 얼마나 "뜨겁고 쓴"지를 비로소 알게 되었다.

친구들이 가는 방향의 어딘가에서
—세 편의 축사

경욱의 책상

제게 우정이 발생하는 일은 안 보이는 친구의 자리에 여러 번 가 보는 행위를 의미합니다. 친구를 만나지 못하면서 친구를 만나는 이상한 반복을 거듭하며 우정이 만들어집니다.

김경욱 소설가는 모르겠지만, 제가 문득문득 가 보는 김경욱의 안 보이는 자리는 '경욱의 책상'입니다. 그의 학교 책상을 본 적은 있지만 주로 집에서 글을 쓴다는 그 책상을 본 적은 없습니다. 블라인드를 내리고 글을 쓰는 습관이 저와 비슷하다는 것을 알 뿐입니다. 생각해 보니 경욱의 책상이 무슨 재질로 되어 있는지, 크기는 얼마만 한지를 염두에 둔 적은 없는 것 같습니다. 다만 단정하고, 적막 안에 놓인 책상입니다. 책상 위에는 경욱의 손이 있습니다. 중력과 무중력 사이 정도로 느껴지는 곳입니다.

그와 친구가 된 것은 7년쯤 전인데요. 일주일 동안 함께 한 작가 축제에서 만나지 못했더라면 그나 저나 숫기가 없는 태생들이라 친구가 되지 못했을 것입니다. 제가 김경욱의 소설을 따라 읽은 것은 데뷔 때부터이니 20여 년이 된 듯합니다. 저는 김경욱이 쓰는, '지금 여기'와 '심연'이 동시에 나타나는 이종교배 방식이 좋았습니다. 그 미끄러짐을 시적이라고 생각했습니다. 드라이한 문체의 서사를 따라가는 재미가 있었는데 읽고 나면 붙잡지도 않았는데 글에서 뒤돌아 나가지지 않았습니다. 그의 소설은 점점 치밀해집니다. 점점 정확해집니다. 읽는 이에게 자유를 준 듯하지만, 가파른 서사의 풍경 외에 다른 것을 생각할 수 없게 하고 읽는 속도를 조절할 수 없게 합니다. 야구로 따지면 쉴 새 없이 들어오는 투수의 공 같습니다.

소설 속 인물들처럼 실제 김경욱도 말이 많지 않습니다. 표정도 많지 않습니다. 더욱 표정을 흐트러뜨리지 않아 무슨 심정인지 잘 모르겠습니다. 마음이 쓰이는 순간에는 큰 눈을 한 번 더 꿈뻑하고 함부로 말하지 않는 입을 가졌다는 것 정도만 압니다. 무슨 얘기 끝에 "사람 속은 모르는 거야." 경욱이 말했습니다. 그래서 못 믿겠다가 아니라 함부로 말할 수 없다가 되는 것이 김경욱의 태도입니다.

다시 블라인드 내린 방에 책상이 있고 김경욱은 소설을 쓰기 위해 앉았습니다. 서영채 비평가의 적확한 호명으로는 진화하는 소설 기계, 제 나름의 표현으로는 하드보일드-수도사인 그는 특별한 일이 없는 한 같은 시간에 글 쓰는 책상 앞에 앉습니다. 사람 속은 모른다고 생각하는 자이므로, 함부로 말하지 않기 위해 그는 심연으로 혼자 내려갔다 다시 되돌아 나오는 일을 반복합니다. 들어간 심연으로 되돌아 나오려면 그리고 나서 비로소 글로 다시 걸으려면 심연은 굳어지면 안 될 것입니다. 한 치 앞이 늘 문제이므로 바로 눈앞에만 집중하는 자세를 가집니다.

그러므로 이런 그의 소설을 읽는 독자 또한 조금 더 깊은 갱도를 들어가는 호흡을 갖게 됩니다. 저는 고통스러운 곳을 향하고 있는 그의 윤리가 좋습니다. 그는 점점 더 소년과 수도사의 얼굴에 가까워집니다. 밖에 나올 때 경욱의 눈은 자주 충혈이 되어 있습니다. 심연을 오가는 자는 세상 안이나 심연 안이나 낯설기는 마찬가지일 것입니다.

지난봄, 경욱에게 슬픔이 있었습니다. 병원 마당에서 상복을 입은 그와 마주쳤습니다. 그는 두 손을 모으고 차근차근 그 시간을 들려줬지요. 그때 그의 모습은 평소와 같았는데, 한순간, 심연의 심연, 그래서 투명해진 그의 모습을 본 듯합니다. 그는 참 말갰습니다. 깨끗했습니다. 얼룩이 없었습니다. 여섯 살 꼬마 같았습니다. 이런 생강 같은 안을 갖고 있으니, 이 시간이 많이 뜨거울 텐데…… 경욱의 문장 안쪽에 닿는 순간이기도 했습니다.

어찌 그리 열심히 쓰니?, 라고 물은 적이 있는데, 그래야 삶이 견뎌진다고 그는 말했어요. 성실하고 치밀한 그가 더 모를 듯도 했는데, 그 말이 헐렁한 제 책상에 자주 심연이 깃들게 해준다는 것을 고백합니다.

우정을 만들어 가는 것은 친구가 가는 방향의 어딘가에 나무로 있는 것인지도 모르겠습니다. 빛이 되어 줄 수는 없습니다. 나무는 심연 순례자를 더 어둡게 하는 존재입니다. 그러나 어둠이 깊게 겹쳐질 때, 그것이 우정이 보내고 있는 기척임을 경욱은 알 것입니다.

책상 도련님 경욱. 우리도 조금은 나이를 더 먹은 어느 날, 그날

참 어색했다 이러면서 오늘에 다시 와 보겠지? 너는 그날도 여전히 심연을 거슬러 올라오는 중일 테고. 그때에도 소년의 얼굴을 가졌을 거야. 친구인 나도 한국문학도 너에게 고마워.

—2015년 김승옥 문학상 수상 축사

새-소녀 행숙

조금 거창하게 말씀드린다면, 행숙과 저는 신비를 나눠 가진 사이입니다. 잘못된 주소로 보낸 제 시집이 행숙에게 도착했습니다. 환한 배에 둘이 타고 있는 꿈을 꾼 다음 날은 1년 전 제 괴로움을 행숙이 해결했다는 소식을 받았습니다. 둘의 조각을 맞춰 보면 한 모양이 생기는 경우가 꽤 있습니다. 그래서 지난 생에서는 숲속의 기사였고 이번 생에는 시를 쓰기로 했다는 같은 운명을 문득 문득 꺼내 보는지도 모르겠습니다.

행숙의 길 못 찾는 솜씨는 널리 알려져 있습니다. 저 또한 길을 잃은 행숙을 데리러 가는 적이 종종 있는데 그때마다 그녀는 어김없이 '어리둥절'의 얼굴을 하고 있습니다. 실제 와 본 횟수와는 무관하게, 처음 와 보는 곳이야. 여기가 어디야? 신기해. 놀랐어가 공존하는 얼굴입니다.

그러나 정작 놀라게 되는 것은 길을 못 찾을 때의 얼굴을 평소에도 똑같이 갖고 있다는 점입니다. 행숙의 얼굴은 행숙이 쓰는 시와 꼭 닮았습니다. 행숙은 새 같고 소녀 같고 다정한 색을 가졌고 천진합니다. 우아한 동선을 가진 어른인 동시에 아이입니다. 힘든 일이 있어 이곳저곳을 다녀야 할 때도 계단 발명가가 된 기분이야, 라고 말하는 매혹적인 감각의 소유자입니다.

행숙은 부정적 화법을 거의 쓰지 않는 사람입니다. 적잖이 화가 날 법한 상황에서도 다 같이 웃으면서 살았으면 좋겠어, 천진한 새소리를 냅니다. 그런 김행숙이 이원, 이건 정말 아니지 않아, 라고 할 때는 정말 아닌 것입니다.

가혹한 시절. 선생들의 이 단어를 우리가 닦아 쓰는 시간이 올지 몰랐습니다. 영문을 몰랐고 행숙은 눈물이 멈추지 않는다고 했고 저는 머리 속에서 물이 쏟아진다고 했습니다. 우리는 고통스럽습니다. 그러나 세상의 다른 이들이 고통스러운 것보다 언제나 덜 고통스럽습니다. 그것을 행숙도 알고 저도 압니다.

행숙은 몸이 천근이면 마음이 만근인 시절이다 친구야 마음의 무게가 몸을 일으킬거야, 라는 메시지로 저를 흔들어 깨웁니다. 거기로 가기 위해 조금 더 여기를 걷자 제가 이 말을 할 수 있도록 해 줍니다. 기도와 연대, 행숙과 제가 나눠 가진 요즘의 단어입니다.

제가 들여다보는 시의 거울에는 행숙이 있습니다. 힘들어, 그러면서 부실한 저는 자주 거울을 빠져나옵니다. 한참을 지나 가보면 '서로서로 비추며 빛이 되어 찾아야 해', 행숙이 아직도 있습니다. 계속 여기 있었던 거야? 하면 길을 잃어버린 때의 얼굴로 입을 더 꽉 다뭅니다. 그리고 그곳을 떠나지 않습니다.

이렇게라도 있어야 하잖아, 행숙은 나중까지 남아 불씨를 뒤적이는 자입니다. "아 하고 입을 벌리면 아 하고 입을 벌리는 것 같아서," 오랫동안 멀리까지 메아리가 되는 자입니다. 천진한 소녀의 말은 깨끗하고 무서운 말이 됩니다.

행숙이 시를 쓰는 시간, 이러면 펑펑 오는 눈 속의 그녀가 떠오릅니다. 눈 속에 흰 굴을 파고 토끼처럼 앉아 시를 씁니다. 이것 봐 여긴 환해. 이럽니다. 흘러내리는 눈으로 제가 얼어 가는 줄도 모르고 말입니다. 칠흑의 밤이 계속되는 줄도 모르고 말입니다.

그러니까, 우리는, "밤에 네가 보이지 않는 것은 내가 보이지 않는 것같이," 이런 눈의 글씨를 적는 새-소녀 김행숙을 어찌 사랑하지 않을 수 있겠습니까. "우리를 밟으면 사랑에 빠지리," 그녀의 시를 어찌 잃어버릴 수 있겠습니까.

—2015년 전봉건문학상 수상 축사

민정 하트

저는 민정이 청해 오는 것이라면, 바로 할게 이럽니다. 내용을 듣기도 전에 할게를 준비하고 있는 셈인데요. 이쯤 되면 거의 쩔쩔맨다고도 할 수 있습니다. 아마 그것은, 그럴 이유도 없는데 매사에 저보다 더 쩔쩔매는 사람이 민정이어서, 저도 더 쩔쩔매게 되는 것이라 여겨집니다.

제가 제일 모르겠는 사람이 민정입니다. 처음 보았을 때, 저렇게 예쁘게 생긴 시인도 있구나. 저렇게 화려한 시인도 있구나. 그러다가 시집을 보고, 이렇게 거두절미한 직진성의 언어도 있구나 생각했습니다. 그 얼굴이면 새침해야 하는데 시원시원했고 그 얼굴이면 콧대가 꽤 높아야 하는데 굳이 안 해도 되는 것까지 찾아 했습니다. 안에 야구공 100개쯤 들어 있는 힘 센 사람이라고 생각한 적도 있습니다.

시 쓰는 일과 책 만드는 일을 20년 가까이 병행하고 있는 사람. 제가 아는 김민정은 이러합니다.

세상을 가장 열심히 사는 사람입니다. 요령 부림이라면 꿈에서도 하지 않아 세상을 가장 어렵게 사는 사람입니다. 폐 끼치는 것은 죽어도 싫고 책 하나를 시작하면 그 하나에 헌신합니다.

직관력이 강하고 그걸 녹여서 상당 부분은 남들의 세계를 만드는 데 사용하고, 쓰러질 정도가 되면 조금을 제 시를 만드는 데 사용합니다. 폼 잡는 것이라면 시나 삶 어디에서도 안 하고. 도시 애이면서 촌 애이고. 손에서 하는 일에서는 마음이 넘쳐 나지만 자신은 웅크리고 사는 사람입니다.

아무도 미워하지 않는 사람입니다. 이쯤 되면 당했다고 해야 맞는데, 모두 제 탓이 되는 사람입니다. 미워하는 대신 한밤에 한강공원을, 파주 시골길을 쉬지 않고 걷는 사람입니다.

이런 민정인데, 언니 가, 하고 돌아설 때의 민정은 아무것도 담고 있지 않습니다. 저는 민정의 그 비어 있음이 무서워서 문득 문득 민정에게 노크하지만 민정이 넘어가고 있는 곳은 볼 수 없습니다. 민정이 택시를 타는 순간 택시 안에 민정은 없습니다. 민정은 순간을 벗어나는 순간, 순간과 결별하는 사람입니다.

세월호 아이들의 생일 시를 모아 시집을 만들면서 그걸 매만지느라 몸이 텅 비는 사람이며, 저 혼자 트위터에 아이들의 이름을 호명하는 사람이며, 분향소에서 아이들에게 눈을 내어주고, 제 눈을 다 내어준 줄도 모르고 집으로 돌아오는 사람입니다. 민정의 마음은 정의의 편, 참의 편입니다.

세상에 없는 책 만들어 보고 싶고 세상에 없는 시 써 보고 싶은 사람. "돌의 쓰임"을 궁리하는 민정의 기도 속에 민정은 없을 것입니다. 바보 민정입니다. 언니도 참, 그러면서 택시를 타는 김민정이라는 마주침 이후를 저는 알 수 없습니다. 가늠할 수 없습니다. 다만 이백다섯 살과 일곱 살이 한 몸에 사는 민정이 있어 세상에 없던 사랑을 보게 된다고 생각합니다.

할머니와 어린아이. 저는 민정이, 민정의 시가 보여 주는 이 레이어가 좋습니다. 민정은 고슴도치 마녀 수프를 끓이는 자. 솥이 점점 커지는 줄도 모르고 땀을 뻘뻘 흘리며 작은 주걱으로 수프를 젓고 있는 자. 민정. 너는 지금 땀으로 흠뻑 젖었어. 그러다 네 다리가 녹을지도 몰라, 이러면, 에이 언니, 괜찮아요. 나 튼튼해요. 그러는 자. 그것이 침묵과 비밀을 삼킨 바다일 수도, 이승 너머일 수도, 불면으로 건너가는 매일의 한밤일 수도 있을 것입니다. 가끔은 민정이 가는 길 어디에 먼저 가 민정을 맞아 주는 분신술을 익히고 싶습니다. "양망이라 쓰고 망양이라 읽기까지," '아름답고 쓸모 있는' 그물을 만드는 몰두 속에 있는 민정에게, 민정이 쓴 시구처럼, "하트는 이상해." 이러면서 나타나고 싶습니다. 민정 하트는 정녕 이상합니다. 민정, 이 순간의 멋진 수상을 축하하고. 미래에서도, 언니 시가 왔어, 얘기해 주길.

—2016년 현대시 작품상 수상 축사

네 개의 몸 또는 네 개의 이미지

내 방 벽에는 스티로폼으로 된 전지 크기의 판이 하나 붙어 있다. 그 판은 내가 앉아 있는 책상에서 온몸을 돌려야 하는 곳에 있다. 나는 자주 그 판에다 무엇인가를 붙인다. 그림을 오려 붙이기도 하고 영화표를 붙이기도 하고 집으로 돌아오는 길을 잃지 말라고 동생이 선물한 나침반을 붙이기도 하고 55년을 장좌불와한 탓에 제자리에 있는 척추가 하나도 없었다는 혜암 스님의 사진을 오려 붙이기도 하고 악마의 눈이 박혀 있는 터키 문화원 명함을 붙여 놓기도 한다. 붙여 놓았다가는 얼마 지나지 않아 떼기도 하고, 떼어 내 다른 자리에 붙이기도 하고, 어떤 것은 계속 한자리에 붙여 놓기도 한다. 내가 그 텅 빈 공간에 가장 먼저 붙인 것은 동양화가 김호석의 아주 간명한 그림 하나다. 나는 그것을 그의 전시회를 소개하고 있는 미술 잡지에서 잘라 냈다.

한 사람이 서 있다. 몸을 앞으로 조금 기울이고 있다. 아주 살짝이다. 두 발을 한 곳에 공기처럼 내려놓고 있다. 발이 허공에 떠 있지 않다는 것은 오로지 중력이 그의 발 아래쪽으로 작용하고 있다는 느낌 때문이다. 그의 발은 분명 어딘가에 닿고 있다. 그러나 그곳이 대지의 허공인지 허공의 대지인지는 알 수 없다. 그래, 한 사람이 서 있다. 한 사람은 사라질 듯 말 듯 아주 가는 선으로, 조금은 빛이 바랜 검은 먹으로 그려져 있다. 몸이라는 현실을 지우지 않는 최소한의 윤곽선으로만 그려져 있다. 그 몸의 선에 덧칠의 흔적은 없으며, 망설임의 흔적은 없다. 그러나 강렬하지도 않으며 단호하지도 않다. 다만 한 사람이 아무 배경 없이, 그 흔한 그림자 하나 드리우지 않고, 서 있을 뿐이다. 그 몸에서는 동물의 비린내도, 싸움의 피비린내도 나지 않는다. 그러나 고요한 그 몸은 분명 텅 비어 있지 않다. 몸은 텅 비어 있지 않으나 아무것도 보여 주지는 않는다. 최소한의 윤곽선을 홀로 견디는 그 몸은 어디에서 왔으며 어디로 가고 있는지를 말하지 않는다. 그 한 사람이 있는 그 그림의 제목은 「가는 산빛이 그의 어깨를 눌렀다」이다.

그 몸은 분명 백남준의 몸과는 다르다. 부처가 TV 모니터를 들여다보게 했던 백남준은 살을 다 발라낸 「로봇 K-456」도 만들었다. 20년 동안 동고동락했던, 고철로 된 뼈가 앙상한 그것을 차에 치여 죽게 했다. 머리가 TV로 된 「정약용」도 만들었다. 「숙모」와 「삼촌」도 만들었다. 몇 백 대의 TV를 붙여 놓기도 했다. 그러나 TV가 몸 안에 들어와 있지는 않았다. 몸과 TV는 서로 바라보거나 서로 있어야 할 자리를 바꾸거나 서로의 풍경을 가져다 가두어 놓고 있었다.

그런 백남준이 기어이 보여 준 몸은 텅 비어 있었다. 마지막 윤곽선만 남겨 놓고 몸 안을 다 파 버렸다. 그 몸은 아주 오랫동안 파낸 것임에 틀림없다. 몸 안의 것을 다 파낸 뒤에 현실을 견디는 그 최소한의 윤곽선은 바랜 먹빛이 아니다. 윤곽선이 파랗게 노랗게 색색깔로 빠르게 변하는 그 텅 빈 몸의 중간에 백인 여자가 있다. 여자는 소파에서 아주 느릿느릿 포르노적 포즈를 바꾼다. 그리고 그 여자의 사방에 까치가 날아다니고 스노보드가 지나가고 널이 올라갔다 내려오고 젊은 백남준도 나타난다. 나타나는 순간 다른 풍경으로 숨차게 바뀐다. 머리와 가슴, 다리가 다 각각 다른 풍경으로 바뀌는 그 몸은 TV 몇 백 대로 맞춰져 있는 퍼즐이다. TV 안에 몸의 조각 퍼즐이 들어 있고 그 몸 안에 TV 조각 퍼즐이 들어있다. 제 손으로 파낸 제 몸에 백남준이 채워 넣은 것은 유목 물품이다. 아니 끝내 백남준의 몸이 유목 장터가 된 것이다.

몸속에서 어느새 육자배기도 들리고 상여의 요령 소리도 들리는 백남준의 몸처럼, 몸을 아주 살짝 앞으로 기울인 한 사람의 그 텅 빈 몸에도 분명 백남준적인 흔적이 있다. 제 손으로 자신의 배를 갈라 몸속의 뜨거운 것들을 다 끄집어낸 흔적이 있다. 끝내 지워지지 않고 빛이 바랜 윤곽선이 그것을 증명한다. 그러나 그 몸은, 흰 석고로 밀봉한 조지 시걸의 몸은 아니며, 아예 값싼 원색의 과슈를 처덕처덕 발라 버린 왕두의 박제된 몸도 아니며, 여러 시간과 공간을 비벼 넣은 백남준의 혼종의 몸은 더욱 아니다. 백남준이 다다른 몸과는 다른 방향의 시간에서, 그러나 야릇하게도 백남준의 몸과 만나기도 하는 시간의 방향에 그 한 사람의 몸이 있다.

그 몸은, 제 손으로 끄집어낸 몸 안의 것들을 몸 밖에 버린 것이 아니다. 꺼낸 그것들과 오래 같이 살며, 그것들에게서 모든 인간의 지문과 퇴적물을 걷어 냈다. 그러고는 제 손으로 한 번 더 제 몸을 가르고 기어이 그것들을 제자리에 다시 넣었다. 투명하다. 한없이 투명하다. 그러므로 그 몸에는 모든 존재가 다 들어온다. 그 몸을 통과하는 모든 존재는 인간의 의상을 벗고 제 모습을 찾는다. 그 몸은 몸을 가두고 있는 것이 아니라 몸 역시 시간으로 흘러가게 한다. 인간이 덧입힌 시간과는 다른, 존재의 시간을 따로 운행시키고 있다. 몸 안에서 해도 지고 달도 뜬다. 비행기도 지나간다. 나는 분명 그 몸이 지나온 시간의 일부를 본 적이 있고 그 몸을 알고 있다. 나는 텅 빈 스티로폼의 왼쪽 꼭대기에다 그 한 사람을 붙여놓았다.

그리고 어느 날 나도 내 손으로 내 몸을 갈랐다. 비유적으로 말한다면, 인간이었던 것을 기억하는 사이보그인, 인간과 사이보그라는 가파르게 균열된 몸의 경계에 있는 나도 내 몸을 갈랐다. 겉은 개조된 사이보그인데 내 안에는 인간의 것들이 고스란히 들어 있었다. 나는 겉만 개조했었구나, 아니 가죽 속에서 몸을 꺼내는 방법을 몰라 가죽 위에 사이보그의 철갑 하나만 덧입었었구나, 나는 그걸 하염없이 들여다보고만 있었다.

이불은 처음에 눈 뜨고 죽은 생선을 질긴 줄에 죽 매달아 놓고 생선들의 몸에 색색깔의 구슬을 꿰맸다. 그것들을 「화엄」이라고 불렀다. 화엄의 몸에서는 여전히 비린내가 났다. 다시 의학용 실리콘으로 몸을 만들었다. 다리 한쪽을 잘라 보고 슬쩍 팔도 한쪽 잘라 보고 오른쪽 다리와 오른쪽 팔을 함께 슥 잘라도 보았다. 머리는 댕강 쳐 버리고 줄 하나를 몸속에서부터 끄집어내 천장에 매달았다. 흰 몸을 가진 그것들을 이불은 「사이보그」라고 불렀다. 그러고는 밀봉된 사이보그들의 몸속에서 꺼낸 것들을 보여 주었다. 사이보그가 되기 위해 제 손으로 파낸 제 몸속의 것들을 보여 주었다. 「몬스터 핑크」

와 「몬스터 블랙」이라고 불리는 그것들은 로댕의 「지옥의 문」에서처럼 서로 꿈틀거리며 엉키고 있다. 그것들은 식지도 않고 계속 미끌거리며 아우성치고 있다. 뒤엉켜서도 반짝이고 있다. 빛에는 바래거나 미끄러지고 있다.

이불은 그리고 기어이 다리, 머리, 팔 다 잘라 버리고 주황색 질긴 가죽만 남긴 그 빈 몸을 반으로 갈랐다. 아예 반으로 쪼개서 반짝거리고 빳빳하고 튕겨져 오르는 것들을 가득 넣었다. 시장에서 산 구슬 철사 시퀸 같은 원색의 것들을 몸속에 가득 채워 넣었다. 원색들은 텅 빈 몸 위로 솟구치며 머리가 있어야 할 자리로 튕겨져 오르며 팔이 있어야 할 자리에서 쑤시며 빠져나온다. 빳빳하고 차가운, 피도 눈물도 없는 것들! 그러고도 몸의 지퍼를 올릴 생각조차 안 하는 이불의 몸 앞에서 나는 내가 갈라놓은 몸속으로 손을 넣지도 못하고 내장을 꺼내지도 못하고 다시 몸을 꿰매지도 못하고 있었다. 또 날은 저물고 있었다.

그리고 다시 어느 날 나는 의자를 가져다 김호석의 그 한 사람을 떼어 냈다. 지금 내게는 그 그림이 없다. 그리고 그 그림을 붙였던 자리도 몇 개월째 비어 있다. 지금 다시 생각해 보니 그 사람의 머리 위에 해가 하나 떠 있었던 것도 같다. 그리 높지 않은 산이 있었던 것도 같다. 해는 붉으나 원 밖으로 흘러넘치지는 않고 있었던 것 같다. 그 한 사람은 해와 산을 모두 잊은 얼굴이었던 것도 같다. 내가 내 배를 갈라놓고 악취 속에서 온몸이 둑처럼 터질 것 같던 그날 그 한 사람의 몸에서 해와 산이 고흐의 그것처럼 꿈틀거리며 흘러다니는 것을 본 것도 같다. 나는 막 내 몸속에 손을 집어넣고 있었던 것도 같다. 악마의 눈을 움켜쥔 것도 같다. 그때 산은 온통 단풍이 들었던 것도 같다. 나무의 그림자들이 나무의 몸속으로 들어가고 있어, 그의 그림자가 그의 몸속으로 들어가고 있어 그 산빛은 적멸에 가까운 원색이었던 것도 같다. 그 순간 나는 이 세상에 와서 가장 정갈한 얼굴을 본 것도 같다.

한 사람이 걷고 있다. 아주 천천히 걷고 있다. 발소리가 들릴 듯 말 듯하다. 그는 그 낮은 발소리를, 그 고요한 발자국을, 지우고 나서야 다시 걷는다. 언제나 스스로 만든 벼랑을 걷는다. 나는 그를 따라 걸은 적이 있다. 대낮이었고 간판의 원색과 밥 끓는 냄새와 유행가가 뒤섞이던 골목이었다. 처음 보았을 때부터 그는 내내 느리고 고요한 걸음걸이를 가졌었는데 그를 따라 걷기 위해 나는 내내 종종거려야 했다. 그는 천천히 발소리와 발자국을 다 지운 후에야 아니 다시 제 몸속으로 들여놓은 후에야 또다시 한 발을 떼어 놓고 있었는데도 말이다. 숨 쉬는 것이 불편해진 그는 요즘은 더 오래 한자리에 서 있는다. 오래 선 자리를 지우기란 얼마나 힘이 드는가,

새도 보고 달도 본 그 발자국을 지우기란 얼마나 힘이 드는가, 그래도 그는 여전히 그 발자국을 지우고 나서야 간다. 그러나 지금도 내게는 그의 뒤를 따라가는 것이 여전히 어렵기만 하다. 나는 종종거린다. 뒤만 보여 주고 있는 그의 몸 안에서 딱새가 울기도 하고 달이 뜨기도 하고 명자나무 노란 열매가 열리기도 하는데 말이다.

내 꿈은 어느 날 풀들이 너무 큰 폭으로 흔들리지 않는 들판에서 그의 뒤를 따라 아주 천천히 걸어 보는 것이다. 새로운 회로를 갖게 된 내 몸으로, 그러나 여전히 그의 발자국과 닿지는 않는 거리에서, 걸어 보는 것이다. 저물녘이면 좋겠다. 어둠이 조금 스며들고 있어도 좋겠다. 내 삶에 그 유일한 순간을 허락할 그는 꼭 20년 6개월 서울예대 문예창작과 선생으로 살았고, 올 가을이 막 시작될 즈음 가만히 그곳에서 걸어 나왔다. 언어 속에 맨발을 맨몸을 넣고 있어, 가는 산빛이 어깨를 들어 올리기도 하는 한 사람, 그가 내 스승, 시인 오규원이다.

최
소
의
발
견

1판 1쇄 펴냄 2017년 11월 17일
1판 2쇄 펴냄 2018년 3월 12일

지은이 이원
발행인 박근섭, 박상준
펴낸곳 (주)민음사

출판등록 1966. 5. 19. (제16-490호)
주소 서울시 강남구 도산대로1길 62
강남출판문화센터 5층 (06027)
대표전화 515-2000 팩시밀리 515-2007
www.minumsa.com

ISBN 978-89-374-3488-4 (03810)

「이 도서의 국립중앙도서관 출판예정도서목록(CIP)은 서지정보유통지원시스템 홈페이지 (http://seoji.nl.go.kr)와 국가자료공동목록시스템(http://www.nl.go.kr/kolisnet)에서 이용하실 수 있습니다.(CIP제어번호: CIP2017029017)」